もっと、空の方に。

ぼくをみちびく　ふるさとのことば

泉英昌

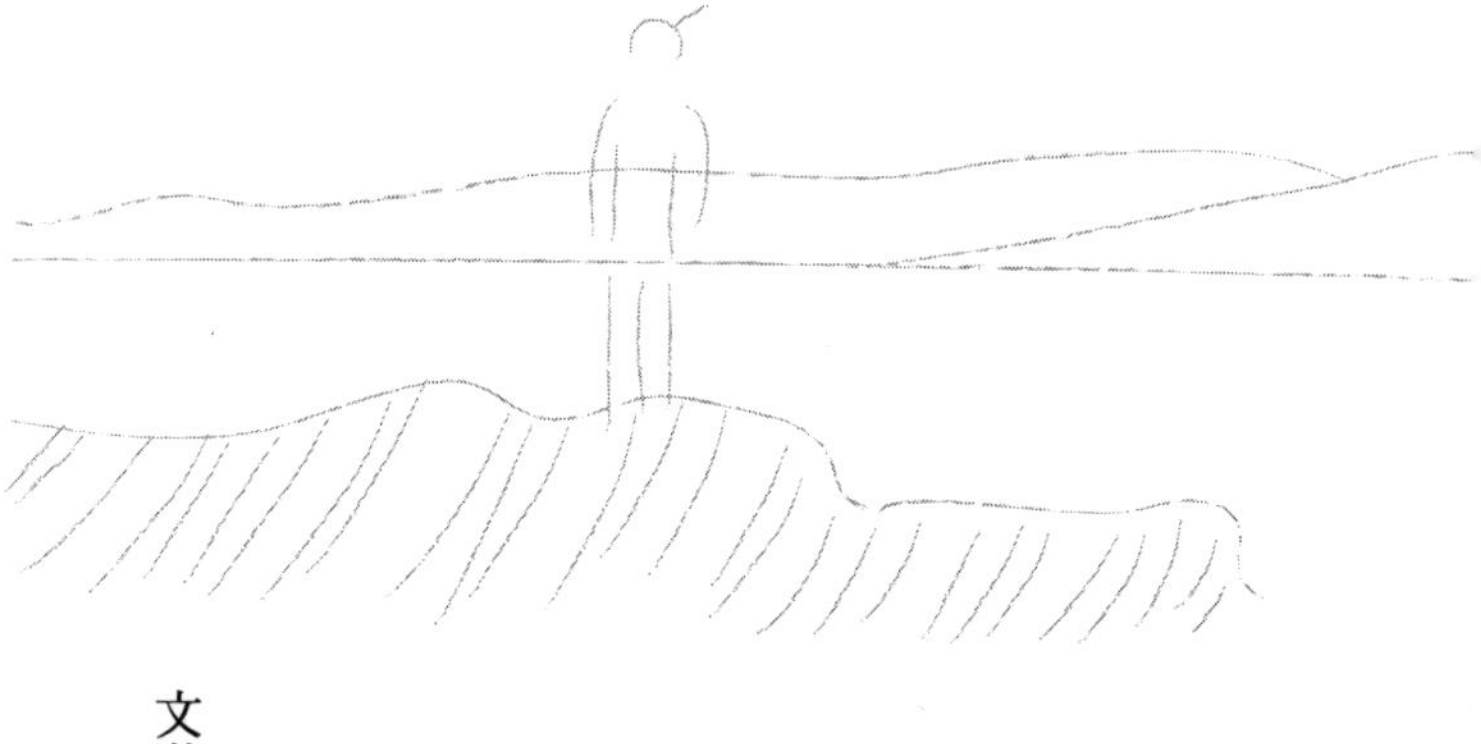

文遊社

目次

はじめに ……010

お父さん、建具屋《たてぐや》さん

タバコすう　ひと休みする ……016
まくれる　転ぶ ……020
えらい　苦しい ……024
いやな　いいような ……028
まい　おいしい ……032
在《ざい》　田舎 ……036
ほせ　小さい ……040
よーさ　夜 ……044
空　上 ……048

しめ　ばつ　……052
ざまがわり　みっともない　……056
よばれる　ごちそうになる　……060
ぬくい　あたたかい　……064
わ　私、お前　……068
がんじょな　がんばりのきく　……072

文字をもたない文明だった

え点　いい点　……078
知らん　知らない　……082
帰りしな　帰りがけ　……086
始末な　無駄をしない　……090

きょうとい　こわい　……094
え具合　いい感じ　……098
かんらん　キャベツ　……102
好かん　好きじゃない　……106
だらず　ばか　……110
おとこ色　おとこの色　……114
まんちゃすする　ごまかす　……118
きれな　きれいな　……122

そらいろのうみ

ちゃんこする　座る　……126
つぎ　布　……130

てぼたん花火　線香花火……134
かいど　街道……138
灘《なだ》　海辺……142
すかる　寄りかかる……146
のっかあとする　ひと安心する……150
さいなら　さようなら……154
だんだん　ありがとう……158
甲斐《かい》　生きがい……162
ねようかはよかった　ないよりはよかった……166
とんどさん　どんど焼き……170

少年と

ほえる　泣く　………176
情けをかけたらいけん　情けをかけてはいけない　………180
分限者《ぶげんしゃ》　金持ち　………184
かばち　不平　………188
めげる　こわれる　………192
逃げちょって　あっちいってて　………196
しょうから　お転婆《てんば》　………200
傘忘れんな　傘忘れるな　………204
あいまち　ケガ　………208
あご　とびうお　………212
時季だけん　季節だから　………216
ぼいやこ　追いかけっこ　………220

おせ　おとな　………224
ほどがい　スマートな　………228
いたしい　具合が悪い　………232
あとがきにかえて　………236

写真◎山田秀蔵
題字◎吉富貴子
装幀◎佐々木暁

はじめに

耳が思い出す言葉がある。

仕事の電話を切った後とか、テレビを消した後とかに、急な静けさの中で、ぼくの耳は、ふと、なつかしい声を思い出す。その声は、ふるさとの言葉をしゃべっている。

「ちょっこう、タバコしょい」（ちょっと、ひと休みしよう）

たとえば、そんな言葉が、もう亡くなった父の声でひびく。

ぼくは、鳥取県の西部で生まれ育った。ぼくにとっての鳥取県は、野に咲く花のようにひっそりとしていて、そこには日本でいちばんそっとした時間が流れている。

「ちょっこう、タバコしょい」

――ぼくは、そんなに休みたいのかな。

空耳として現れるふるさとの言葉は、いま、この場所で、この時代に生きるぼくに、何をささやきたいのか。ぼくは、何をささやいてほしいのかな。そんなことを考えながら、子供のころ、お寺で木蓮の花びらを拾って遊んだときみたいに、方言をひとつひとつ集めてみた。

それを綴じたのが、この本です。

鳥取県にゆかりのある方にも、ない方にも、地に落ちてもまだ香っている花びらを、いっしょに拾っていただけたらと思います。

まっと、空の方に。

ぼくをみちびく　ふるさとのことば

お父さん、建具屋さん

タバコすう　ひと休みする

鳥取県では、子供でもタバコすう。
ひと休みすることを「タバコすう」と言う。
共通語の「一服する」に近いけど、大人だけでなく、子供にも平気で使えてしまうところがちがう。遠足の休けいも、「ここで、タバコすうぞー」（ここで、休むぞー）と言う。テレビをずっとつけっぱなしにしていて熱くなったら、スイッチを切ってしばらくタバコさせる。鳥取県では、子供でも機械でも、タバコを吸わない人でも、ときどきはタバコするもので、
歩きつづけるために、いちばん大切なことは、タバコすうことだと、子供のころ

から教えた。

「ちょっこう、タバコしょい」

と、父は言った。ぼくの父は建具屋《たてぐや》で、ぼくは小学校も高学年になると、たまに現場に手伝いに行かされた。現場では、午前なら十時、午後なら三時に、三十分ほどタバコする。その家からお茶とお菓子が出る。

職人がタバコするのは、体を休めるためというよりも、心を鎮めるためだった。クールになった心で、もう一度、自分の仕事をふり返るためだ。ちょうど、油絵を、ときどきキャンバスから離れて見ながら仕上げていくように。

タバコは、職人にとって大切な工程のひとつで、父はタバコした後で建具の微調整にとりかかった。

前に勤めていた会社で、遅れず、休まず、働かずのサラリーマンを見たことがある。有給休暇が山のように残っていることが自慢だった。休暇届けを出すときには、どこか後ろめたさをひきずっていた。

働かない人は、タバコも仕事のひとつであることを知らない。メロディの大切な一部分であることを知らなくて、

だって、休符のない音楽はない。

音を出す合図のおたまじゃくしと同じように、音を出さない休符もメロディだ。

小学校の音楽で、カスタネットを習ったとき、「はい、たたいて」の部分と同じやり方で、「はい、タバコして」の部分では空気をたたいた。

たたいて、たたいて、タバコして、
たたいて、タバコして、たたいて、タバコして、そして音楽はできあがる。

ぼくは一年に一度、誕生日に、それまでのぜんぶをタバコすう。

心しずかに、途中までできあがった音楽を聴き返す。

まくれる　転ぶ

自転車の乗り方は、父に教えてもらった。
「ハンドルを、まくれる方に向けえだ」
（ハンドルを、転びそうな方に向けろ）
そげなことようせん、と言いながら、
信じて、思いきって、ハンドルをそっちに向けると、
本当だ、何とかもちなおした。と思ったところで転んだ。

スキーは、いちどだけ、子供会で大山《だいせん》に行った。
父にとっては、ふたりの姉のとき以来、三度目のスキーで、
ほとんど滑れなかった。

教えてくれたのは、転び方と、立ち上がり方だけで、
それだけ覚えておけば、あとは何とかなると、父は思ったのかもしれない。
大学に入ってからちゃんと始めて、ボーゲンで滑れるようになったころ、
目の前に熊笹のブッシュが現れて、あああ、と思っているうちに突っ込んでしまった。

そっちに行ってはいけないと、背中を向けると、魔法のように引き寄せられる。
ためしに、思いきって、ブッシュにまっすぐ正面向きになると、
体勢が整って、重心をコントロールできて、ブッシュの手前でぎりぎり曲がれた。
自転車のハンドルと同じだった。

まくれる。
それは、着物のすそがひらりと風にめくれる瞬間のことで、
ドシンと転ぶというよりも、雪が雪の上を転がるような、平和さがある。

「ハンドルを、まくれる方に向けえだ」
と、父親たちは、自転車の後ろを支えながら走る。
そのうち、すうと手をはなし、
持っちょうけん、持っちょうけん、とウソをつきながら走る。
そして、いつの間にか立ち止まり、
ぼくらの背中を見送っている。

覚えておけ。
まくれかけたら、そっちを向け。
まくれるなら、こんなふうにまくれて、
こんなふうに立ち上がれ。

おそるおそるふり返ると、お父ちゃんは、ずっと後ろに立っている。
乗れたんだ。
ちからが引けて、風に汗がひんやりする。
お父ちゃんは、いまも立っている。
ふり返れば、流れる景色のいちばん後ろに。

えらい　苦しい

丸亀さん、電車が恵比寿に着いたのに、席を立とうとしないので、「恵比寿ですよ、おはようございます」と声をかけても、うっすら笑っていたようだった。そして、そのまま会社に来なくなった。

近藤さん、癌になって、でも、ぎりぎりまで出勤してたけど、仕事の合間に平井くんが、「体調、どうですか?」と声をかけたら、「死にそう」とこたえて、笑いをとった。そんなふうにいなくなった。

去りぎわがだいじって言うけど、いなくなるとき、とっても、その人らしい。

父も癌で亡くなって、苦しんで亡くなった。

「お父さん」と声をかけると、あらく息をするだけだったのに、
「おとうちゃん」と、息子になって声をかけると、
がまんして、むりして、くやしそうに、もうしわけなさそうに、
「えらい」と吐き出して、それが最期《さいご》だった。
「えらい」は、苦しいという意味。

苦しむことは偉いこと、なのだろうか。

方言は、そう教えたいのか。


むかし、両親が温泉旅行から帰って来たとき、ぼくは熱を出して寝こんでいた。

それを知って父は、両親を半ばむりやりその旅につきあわせた近所の人を、玄関先で怒鳴りつけた。

「だけん、あげに、行かんって言っただがな」

楽しめば、ほら、こんなふうにバチが当たる。

楽しみよりも、苦しみを安住の地とした父だったのに、
ぼくが大人になって由布院に誘うと、何か月も前から楽しみにしていた。
と、父が亡くなってから、母に聞かされた。
由布院は、ぼくの都合でキャンセルして、行かないままになったけど、
むりをすれば行けたので、むりをしておけばよかった。
父が残してくれた、最後の後悔だ。

いやな　いいような

父に、東京の水は合わなかった。

両親が東京に来て、ぼくのアパートに泊まったとき、毎日、母が出がけに作ったお茶を小さなペットボトルに入れて持ち歩いた。

外で食べる物も合わなかった。味が濃くて、脂っこいのだった。何とかよかったのは寿司と蕎麦だけだった。寿司については、満足しているわけではなかった。

それは、港のある町で新鮮な魚を食べながら暮らしている人だからしかたない。

それでも、母がこしらえる刺身とは違う、寿司職人の繊細な技にお金を払うのだという気持ちがあったのか、値段の高さについて、父は口にしなかった。

蕎麦では、気に入ったのは一軒だけで、ぼくのアパートの近所にあった店だけを、

「いやなかったな」

いいような感じだったな、と言った。

その蕎麦屋は、商店街の、気取りのない普通の店で、そういうところが、たぶん田舎町の建具屋の父と似ていた。店も店員さんも、きちんと清潔で、四百三十円のもり蕎麦でそこそこおなかがふくらむ。そして、水がおいしかった。ミネラルウォーターだった。もり蕎麦も、その水できゅっと冷やして出される。蕎麦のように飾りどころのない食べ物は、そういう心意気がすぐに味わいにも出る。

「あすこは、いやなかったな」

それは、よいとは言い切らない、まだよくする余地はあるけれどもという、職人同士のほめ方だった。


「ただくさな仕事しちょいて」

いいかげんな仕事をしておいて。

と、父が怒ったのは、建具を納めた先から苦情がきたときだった。建具がひし形みたいに斜めになっていて、柱との間にすき間ができたのだった。お客さんが大工さんに相談したら、直してもらわれた方がいいですよ、と言われたという。父は困っていた。斜めになっていたのは、建具じゃなくて柱の方だった。しかし、柱を直すということは、家を建て直すということで、

「だだくさな仕事しちょいて。『木のもんは、また変わりますけん、こうくらいはこらえないけませんわい』って言うもんだ」

（いいかげんな仕事をしておいて。『木のものは、そのうち変わりますから、これくらいはがまんしなければいけませんよ』って言うものだ）

若い大工さんの仕事について母にぐちをこぼして、建具を斜めに作り直した。

子供のころ、床屋で頭を刈って帰ってくると、母や近所の人は、男前になって、とほめたものだったのを、父は、

「いやな具合だがな」

いいような感じじゃないか、と、それも、遠回りな職人のほめ方だった。

父が、ぼくのことをちゃんとほめたのは、中学のときだった。

体育は苦手なのに足だけは速かったぼくは、毎年、運動会にはリレーの選手だった。そして、その年は転んでしまって、肩を深くすりむいて、ビリになって、それでも全速力でバトンタッチして、家に帰ると、

「きょは、こうまでで、いちばんようやったな」

今日は、これまでで、いちばんよくやったな。と、父は言った。

職人は、ゴールを目指す人にはやさしかった。ゴールに背を向けない限りは、逃げださない限りは、ただくさなことをしない限りは、
転ぶこともほめた。

まい　おいしい

パンダを見るのには、マナーをこえて、ルールがあった。

列は、子供用と大人用のふたつがあって、子供は前、大人は後ろを進むことになっていて、立ち止まってはいけない。それでもよく見たいから、行列はのろのろと止まりがちで、係員が大きな声で、

「立ち止まらないでください！」と繰り返していた。その言い方が、文章はお願いなのに発声が命令で、もうマナーじゃなかった。

それは、両親が、孫へのみやげ話にパンダを見たいと言うので、動物園に立ち寄ったときのことだ。いよいよ、ぼくたちも正面から見られる場所に来たとき、やっぱりよく見えなくて、しかも前にいた子供が体格のいい子で、父が首をのばしながら、つい身をのり出したそのとき、係員が大きな声で、

「大人は後ろですよ！　大人なのに恥ずかしいですねえ！」と、あの発声で言った。そして、父は恥ずかしい人になった。

そんな疲れをひきずりながら、やっと動物園を出て、ぼくたちは池のほとりで遅めの弁当を広げた。それは、朝、出がけに母が作ったお握りと、もともと家から持参していた漬物だけの弁当だった。

「まあ、いい」と父がそう言った。でも、それはぼくの聞き違いで、本当は、「まい」、おいしいと言ったのだった。

ぼくは、さっきの係員の言葉に疲れていた。たぶん、言われた父よりも疲れていた。田舎から出てきて、孫の代わりにパンダを見たくて、マナーをやぶってしまった老人のために、「恥ずかしいですねえ！」の代わりに、もっとふさわしい言葉を探していた。

「まい。このたびの旅行で、こうがいちばんまい」

と父は言い切って、ぼくも食べてみると本当で、それは食べ慣れたおいしさで、もう一個食べたくなった。さっきの疲れも、まあいい、と思えて、家族と分け合って食べる物には、そういう力があった。

父はご飯の味にはうるさかった。電気炊飯器で炊いたご飯はだめだった。ずっしりと重い鍋で、強火でふきこぼれるまで炊き、弱火にしてさらに十分ほど炊く。そして火を止めて、十五分むらす。

子供のころ、夕方、テレビを見ていると、母によく、

「十分経ったら教えてごせ」と言われた。母は、子供をタイマー代わりに使ったのだった。そして、テレビに熱中して時間を見過ごしては、叱られたものだった。そうかと思うと、誰もいない台所で鍋がふきこぼれているのを見つけて、とりあえず弱火にしてから表に出ると、やっぱり母は、近所のおばさんと立ち話をしていた。

ちゃんと炊いてもガスコンロは汚れるし、ちょっと目を離すと焦げつくし、とにかく面倒な炊き方だったけど、おいしいご飯のためには仕方なくて、
それは、すべて、「まい」のためだった。
その日あったことを、まあいい、と片付けるために、家族と食卓はあった。

在《ざい》　田舎

人が流れてくるようにも見える。大きな、二メートルほどもある立葵《たちあおい》が、さっきから大川を流れてくる。

嵐は去って、完全に晴れ上がったのに、流れにはまだ土色の勢いがあって、上流の土手に咲いていた立葵だろう、うす桃や白の花をつけたままだ。

どこぞ、在《ざい》の方から流れただなあ。と父は言う。

鳥取県の中にも、街と田舎があって、その田舎は在と呼ばれる。田舎者のことは在子《ざいご》という。

在は、田舎と同じように、のどかな里という意味にも、洗練されていない場所という意味にも、そして、生まれ育った所という意味にも使われる。

大川の上流の方には、父が生まれ育った村がある。農家の三男だった父は、修業に出て、やがて下流の町で建具屋をひらいた。

ただ黙々と、建具を作ればいいと思って選んだ仕事だったけど、建具屋は、大工さんから仕事をもらうことが多い。夜中に、大工さんから、酒をつきあえと電話がかかってくることもあって、父は、もう風呂上りだったのを、仕方なく出かけて行ったものだった。

東京には、

父は、母といっしょに何度か遊びに来た。ぼくが移り住んだ三軒のアパートのうち、二軒には泊まったことがある。神田川の近くに住んでいたころ、こんど東京に行ったら、一日かけて、神田川を下流までたどりたい、きっと東京湾に出るはずだ、と言っていた。

ぼくが、東京に小さなマンションを買ったとき、父はすでに亡くなっていて、部屋は母がひとりで様子を見に来た。建具があまりにもお粗末なのを、ぼくが、「お父さんが生きちょうなったら、作り替えてもらっただあも」と言うと、母は、「そりゃあ、大喜びで作りなったわやい」と、つぶやくみたいに言った。

その部屋も、神田川からそう遠くない場所にあって、プールに行った帰りに、自転車で神田川をたどってみたら、途中で建物にはばまれて見失った。こっちの方にあるはずと思っても、もどれなかった。

都会の川は、ふたをされ、遊歩道にされることもある。やがて、どっちが上流で、どっちが下流かもわからなくなり、人は地上にとり残される。

川は、在の方から流れてくる。水や、土や、花や、人を流しつづける。

在は、ありか。

そこにいたことと、ここにいることとの、両方を結びつける漢字で、どこにいたかを示しながら、どこにいるかを示す。
そんなふうに、ふるさとをつなげながら、
息子は、父のように、下流の町に出て働く。

ほせ　小さい

父は、旅からの帰りに、いつも苗木をしたためていた。金毘羅《こんぴら》さんに参ったり、建具組合で見学に行ったり、そのたび持ち帰った苗木を、庭のどこか、いちばんふさわしい場所に植えていた。両親とぼくの三人で日光に行ったときも、参道の脇に生えていた、つまようじほどの木の芽をていねいに引き抜いて、ティッシュにくるんでおくようにと、母に渡した。

そんなようすを見て育ったせいか、ぼくは植木を、縁で揃えていくものだと、どこかで思っている。だから、ベランダには、実家から株分けした南天と、引っ越し祝いにもらったローズマリーと、病院の帰りに衝動買いした椿と、とりとめもなく置かれていて、雑誌に載っているような、人に見せるための庭のようには、いつまでたってもまとまらない。下手くそな、でも、うそのない日記みたいにつづられている。

父が持ち帰ったのは、いつも、ほせ苗木だった。ほせは、細いとか、小さいという意味。年が若いことにも使って、「ふたっつ、ほせ」は、ふたつ年下ということになる。

ぼくが店で買うのも、ほせ植木だった。せいぜい、膝ほどの高さのものだ。十年くらい育てて、やっと一人前になるくらいの方が愛着が持てるし、値段が割安なのもいい。そう思ってきたけど、でも、ちかごろ、四十歳を過ぎてからは、腰ほどの高さのものに目がいくようになった。もう、十年も二十年も待ってはいられない。花盛りに間に合わなくなるような、ふとそんな気持ちになる。

読みたくて読んでいない本、観たくて観ていない映画、その数と、月日と、そろそろ計算しはじめていて、

日光で、父が引き抜いたのは、母のハンドバッグにもおさまる、あげに、ほせ芽だった。

花実どころか、父は、一人前になるのも見られそうもないのに、

それは、種を残そうとする、命の衝動なのだろうか。
残したい。教えたい。伝えたい。
ほせもんに。若い者に。たとえば息子に。
そのために、今日、苗を植えずにはいられなくて、
若いときは小さな木を求め、年をとるほどに大きな木を求め、さらに年をとると、

また、小さな木に還っていく。そのときやっと、
父は時間との決着がついた。じぶんの時間が、じぶんの命よりも、
長くなった。

よーさ　夜

名もない花が、つぼんでいる。遠い山脈の夜の野原で。

名もない人が、いま、どこかで死ぬ。
名もない名前がつづられた、表札の家で。

お父さんが亡くなるとき、家族四人で手足をさすった。おまじないみたいに。
それは、死なないためのおまじないから、しあわせに死ぬためのおまじないに、
ゆっくりと傾いていった。
お父さんの手足は、そのためにちょうど四本準備されていた。

もう、お姉ちゃんが泣いてしまったのを、お母さんが、「いけんがん」とたしなめながら泣いて、夜がくずれかけたのを、朝顔が支えた。

それは、お姉ちゃんが買ってきた鉢植えで、中庭のお父さんの視野に置かれてあった。

朝がくれば開くから朝顔、そのきっぱりとした名前に、ぼくたちはとまどいながら、信じたかった。

朝というものを。


鳥取県の夜は、よーさ、と呼ばれる。

夜去《よさ》。夜去《よさ》り。

それは、竹取物語にも出てきた夜だった。

夜去は、夜が去ると書きながら、夜が来るという意味もあった。古典で、「去る」

は、遠ざかることと、近づくことの、ふたつの意味をもっていた。
お父さんも去る。遠ざかりながら、近づいてくる。
遠ざかる存在が、ぼくたちに、その存在を近づける。
ぼくらは、お父さんのたえだえの息が、やがて止まるときを、
憎みながら、どちらかといえば待ちながら、
夜は、そういうもの。いにしえより、ふたつの意味が追いかけっこする。
それは、たどろうにも道筋のない、名前のつけようのない気持ちで、
名もない気持ちが、ただひたすら、一心につぼんでいた。
祈りのかたちで。よーさの庭で。

それでも、朝顔という名を信じて。

空上

空は、行く場所じゃない。帰る場所でもない。

逃げるための場所だった。


おら、人と話すのも気がきかんし、一生、空だけ見ちょって生きらかと思ってな、学校しまったときに、気象台の試験を受けただあも。

と言った父にとって、逃げるための場所だった。

父は、気象台の就職試験に合格したと言った。本当だろうか。

合格したけど、戦争にとられた二人の兄に代わって、田んぼ仕事をしなければならなくて辞退したこと。上の兄は戦死したけど、下の兄は無事だったので、父は田んぼから解放され、建具屋の見習いに出たこと。そんないきさつを話した。

父が高校を卒業するときに試験を受けたという気象台は、ぼくの高校のすぐそばにあって、そこからは、ときどき、観測のための風船が飛ばされていた。白い、大きい、まん丸い風船で、ゆっくり空をのぼっていくのが、昼過ぎの高校の窓から見えた。

「あの気象台のことか?」と聞いたら、

「そげだ。あの気象台だ」と父はこたえた。

といっても、ぼくは、その気象台を見たことはない。どの道から、どう行けばたどり着くのか、場所も知らない。地上のことはわからない。風船がやって来る、あの空の下あたりだと、なんとなく知るだけだ。

まっと空だ。もっと上だ。

鳥取県で、上のことを、空という。

まっと空だ、と父は言った。

職場で完成させた建具は、お客さんの家に運び、切ったり、削ったり、最後の調整をして建て付ける。作業は一人では要領がわるく、誰かが支えたりしなければならなくて、いつもは母が行くのを、たまに、ぼくも手伝った。

建て付けでは、何度も空という言葉を聞いた。柱でも、クギでも、上の方は空。上を向けることを、空を向けると言う。

まっと空だ、と父は言った。それは、もっと上の方に、という意味。

逃げ場所は、うつむいて探すな。上の方に探せ。もっと空の方に探せ。

人と話すのが苦手と言いながら、建具屋として、商売人として生きなければならなかった父が、どの道を、どんなふうに歩いたのか、よくは知らない。ちゃんと聞いたことはない。地上のことはわからない。でも、

帰り道で、ため息まじりに見上げたあの空を、父も、ぼくも、何度も何度も知っていて、何度も何度もこころを飛ばして、

それは、同じ空だ。

しめ　ばつ

鳥取県では、バツ印をシメと言う。
〆切のシメに、かたちが重なる。

しめ縄のシメにも重なって、
しめ縄は、男が飾りつけるとされていた。三十日には飾り終えるものなのに、建具屋だった父は、正月前は一年中でいちばん忙しかったので、大晦日も陽が落ちてから、やっとひと段落ついて、それからしめ縄を飾った。
母が買っておいた縄に、ウラジロと、ユズリハと、ミカンと、半紙の御幣《ごへい》をつける。神棚、家の玄関、職場の玄関、車庫、倉庫、自動車、自転車、ご飯を炊く鍋、それぞれに飾りつけた。

予感からか、父は、亡くなる直前の年末、ぼくにしめ縄の作り方を教えた。ぼくが、縄の太い方は、左右どちらかと聞くと、「はてな、こんど出雲大社に行ったら、見ちょかんといけん」と言った。たぶん、父は、父親から教わったのではなかった。農家の三男に生まれ、家を継ぐことを期待されなかった父は、結婚して住まいをかまえてはじめて、しめ縄をかけなければならなくなった。そして、近所や神社をのぞいては、見よう見まねで飾ってきたのだった。

でも、出雲大社は特別かもしれない。

十月は、全国の神様が出雲に集まって、地元を留守にする月だから「神無月《かみなづき》」というのを、出雲地方だけは逆に「神在月《かみありづき》」と呼ぶように、しめ縄も逆になっているかもしれないのに。と言うと、

逆なら戻しゃいい、間違っちょったら直しゃいい、と言った。

しめ縄は、境界だけん。

と、父は教えた。そこから先が神聖な世界であることを示す境界線なのだと言った。しめ縄をくぐると、こちらとは違う世界になる。正月は、いたる所に神様の居場所を作って祝う。自分たちも、正月だけは、そこに住まわせてもらう。にわとりでも、魚でも、食べるためにに殺すときには、シメると言う。食べ物になってくれる命に対して、しめくくりに敬意をはらうかのようにひびく。

シメとは、そんなマークで、そして、間違いのマークだった。

泣いた人は次が強いと言うけど、間違うことでしか人は強くなれないのだとしたら、間違うことは大切なことで、

間違いの上につけられたシメは、駄目とは全然違う意味だった。そこから別の世界が始まることを示していて、それは、

神聖な目印だった。

ざまがわり　みっともない

「お父ちゃんを呼んで来てごせ」

と、晩ごはんを並べながら母が言うと、子供のだれか、大体はぼくが呼びに行く。父は、近所の酒屋で飲んでいる。酒やしょう油の瓶が並ぶ店の奥にカウンターがあって、顔見知りのおっつぁんやちが、立ったままコップ酒を飲んでいる。カウンターの上には、裂きイカやピーナツが置いてある。

「お父ちゃん、晩ごはんだよ」

おっつぁんやちが、いっせいにぼくを見て、自分が呼ばれたのではないとわかると、またコップを口に運ぶ。父は、わかったと言うけど、本当はわかってない。三回くらい呼びに行かないと帰って来ない。姉たちと交代で呼びに行くけど、母が呼びに行くことはなかった。

にょばが呼びに行くのは、ざまがわりけん。
女が呼びに行くのは、みっともないから。

ざまがわりは、様が悪い、体裁が悪いということで、人目を気にしている。とくに酒場では、ざまの善し悪しがたいせつらしく、奥さんが呼びに来るのはいけないらしい。

わのことばっかり言う。自分のことばっかり話す。それも、ざまがわり、と父は言っていたけど、そんな酒場のマナーは、きっと他にもいっぱいあった。

ぼくは、父ゆずりのせいにしているけど、飲みだすと、朝まで止まらない。あるバーで、カウンターに座った常連らしいお客が、ひとりでしゃべりまくって、店を日記帳みたいに使っているのを目撃したときは、お父さんの言っていたとおりだと思った。

ある晩は、たまたま隣り合わせて座ったらしいふたりが、さっきから口論になっていて、ついに年配の方が、俺はこういうもんだと、切り札みたいに名刺を出したとき、ざまがわりと思って、

肩書きは仕事場で使うもので、酒の席で使うのはうつくしくないと思う。

父は、人目を気にしなくなったら人間おしまいだと、そんなふうにも言っていた。愛想がよかったわけでもないし、体裁をとりつくろう人でもなかったから、なんだか意外で、覚えている。

ざまがわり。それは、

酔ってまた説教くさくなっているぼくの耳に、父の声でひびく、父のことばだ。

よばれる　ごちそうになる

父が亡くなってから、世帯主としてはじめて親戚の法事に呼ばれて、正座してお経を聞いて、ひと通りのことを終えて、やっと昼時になった。仏間にお膳が運ばれ、誰が上座にすわるかで、ひとしきり遠慮し合った後で、年齢と、血の近さをふまえて、それぞれがそれなりの位置におさまり、ぼくはいちばんの下座で、ビールを飲んで、田舎ながらのごちそうをいただいた。

ふと見ると、ぼくの正面に座っているおばさんは、箸も持たず、食べもしなければ、話もせずに、ずっとうつむいている。子供のころからよく知っているおばさんの、そんな様子を見るのははじめてで、何事かと不思議だった。

お客の中で、女の人はおばさんだけだったけど、その集落では、法事の席で、女の人はそんな風であるべきとされていたのだろう。周りの男たちから、「遠慮せんと、食べないよ」とか、そんな声はあがらなかった。

食べ物は、遠慮するもの。それは、田舎というよりは、日本全体の流儀だった。もう十分いただきましたの目印に、少し残すのが作法だった。

時代が、食べ物に困らなくなってからは、遠慮なく、おいしそうに、全部を食べきることの方がよいとされるようになってきて、

でも、山を越えた、のどかな集落には、まだ遠慮が生きのびていた。

子供のころ、

気の小さいぼくは、よその家でご飯が食べられなかった。食べた気がしなかった。

のりちゃんの家に遊びに行って、晩ごはんをと言われたけど、遠慮して、とぼとぼ帰って来たのを、ぼくの気弱を見すかした父は、

「よばれてこい」と、のりちゃんの家に、ぼくを追い返した。

よばれてこいは、ごちそうになってこい、ということ。
ぼくは、しかたなく、のりちゃんの家にもどって、
「晩ごはん、食べさしてごしない」と、うるんだ声で言うしかなかった。

よばれてこい。
それは、呼ばれてこい。呼んでもらえるような人になれ、とひびく。

呼ばれるのは、まず名前。遠いと思っていた人が、ちゃんと名前を覚えていてくれるのは、うれしさと、とまどいがある。それや、ずっと苗字で呼んでいた人を、名前に切り替える瞬間も、なんだかどきどきする。そんなふうに、人は近づき、それから、家に呼ばれ、食事に呼ばれ、
自然にごちそうされるのは、気持ちよくごちそうするのと同じくらいむずかしくて、いっそのこと遠慮してしまう。それは、ぼくの中にしみついている貧しさで、

もっと、おおらかに、さわやかに、
なら、よばれますけん。じゃあ、いただきます。
と言えなくて、父の命令にそむいて、いつまでも苗字を呼んだまま、近づかない
まま、傷つかないまま、ひとりの気楽さに逃げ込んでしまう。

ぬくい　あたたかい

「お父さんが、癌だいって」（お父さんが、癌だそうだ）
母からの電話は、最初はふつうみたいだったけど、医者から聞かされたこと、あと一年ももたないことなどを、自分に言い聞かせるみたいに説明して、
「お父さんが、かわいさなて」（お父さんが、かわいそうで）
と、最後は言葉にならなかった。
電話を切ってから、こっちと、あっちで、きっと、同じように電気を点けて、同じように水を飲んだ。同じようにしている人がいること、そこだけに救いがあった。そして、同じように夕焼けになった。
「おばあちゃんが、いけだったけんな」（おばあちゃんが、だめだったからね）

酔っ払って帰ると、留守番電話が、母の声でそう言った。
ここ何年か寝込んでいたおばあちゃん。ぼくと亮介の区別がつかなくなってしまったおばあちゃんが死んだ。父より先だった。

母の電話は、いつも、すこし、どきどきする。

ある日、
電話などかけたためしのない父が電話してきた。もっと、どきどきした。
「お母ちゃんは、いま出ちょうだあも」（お母ちゃんは、いま出かけているけど）
それが、聞かれてはならない話をするという合図だった。
「正月に帰えときは、お母ちゃんが編んだセーター、着て帰っちゃれ」
父は、やさしさを、母に知られるわけにはいかないらしかった。
「がいに、こんつめて編んじょったけん」（すごく、熱心に編んでいたから）

数日前に母が送ってくれたのは、セーターじゃなくて、カーディガンだったけど、それはいちいち言わずにおいた。

それから、「仕事はどげな」と聞かれて、そのころぼくは、8つ年下の上司と折り合いが悪かったけど、それも言わずにおいた。


カーディガンを着て帰った冬、父は、癌の進行を遅らせるために睾丸を摘出する手術から退院したばかりで、母が買い物に行っているすきに、こっそり、

「おら、きんたまは、2コとも取ってしまったけんな。だあも、お母ちゃんには、1コだけだいって、うそ言っちょうけんな」

それは、男だけの秘密だった。

「ほんにや?」(本当に?)と、ぼくはこたえておいた。

手術の内容を、母が知らなかったはずないと思うけど、どうだろう。

父は、最後まで、自分が癌だとは知らなかった。

家族は、ときどき、かくしごとをする。それは、すこし切なくて、すこしさみしくて、
肩に、ふわっとカーディガンをかけるのに似ていて、だから、
ぬくい。

わ　私、お前

温泉は、自転車で行けるところにも、
車でちょっとのところにもあって、
父は、ひとりでも行った。

ぼくも帰省したときには、誘われて行くこともあって、
露天風呂で、
ならべた背中を、浮かんだ枯れ葉につつかれながら、
いつも会話はなかった。

父は、さみしい姿を見せることを嫌った。

病気になったときも、
親戚には言うなと口止めして、
入院してはじめて、しかたなしに連絡を許した。

癌が、いよいよ悪くなったとき、
母が、父の実家には言っておこうとしたのを、ぼくが止めた。
責めと悔いを覚悟して、止めた。

露天風呂で見上げた月を、
「あけなあ」と言った父に、
「ほんとだなあ」と適当にこたえてから、
「あけ」には、赤いと明るいと、ふたつの意味があるけど、と思って、
見上げると、赤くて、明るい月だった。

でも、それは、明るいの方だったと、ぼくには確信がある。
なぜなら、ぼくは、
息子だから。

わが決めえ。
今でも、父のそんな口ぐせが聞こえる。
方言で「わ」は、私と、お前と、両方を意味して、
わが決めえ。
それは、私が決めるとも、お前が決めろとも、どちらにもとれる。
そんな、方言の重なりのせいかもしれない。
父が決めることと、ぼくが決めることと、

たまに、少し、重なることがあるのは。

がんじょな　がんばりのきく

米子空港から、バスと電車を乗り継いで家に着くと、布団にふせっているのかと思っていた父は、テレビの前で横になっていた。

「具合がわるるかや?」と聞くと、ニヤリと力なく笑った。そして、

「なして帰って来ただ?」

どうして帰って来たんだと、もれるような声でたずねた。

「仕事がひと段落ついたけん」と、こたえたぼくの荷物の中には、もう、黒いスーツとネクタイがあった。

父の容体が思わしくないから、一度、帰って来るようにと、母から電話があったのだった。

もう手のほどこしようのない父は、家で過ごすことになっていた。事情は、入院

していた大きな病院から、近所の町医者に引き継がれていた。

癌だったので、痛みがひどかった。一晩中眠れず、脂汗をかくこともあって、母はそれをふきつづけた。嫁いでいた二人の姉も、母と交代で看病した。

父は弱っていた。何も食べられなくて、ふくらはぎに点滴を打っていた。体じゅうの痛みをこらえながら、足に着けられた管にいらだって、点滴はいらん、としきりに言った。でも、母は絶対に針をはずさなかった。その中身が、わずかなカロリーを摂るための薄い砂糖水だとわかっていても、他にすがるものがなかった。

父は、ぼくに、

「今度、お母《かあ》の具合がわるんなったら、絶対に点滴しちゃあけん」

と憎まれ口をたたいた。その元気が、おかしかった。

父は、よろよろ起き上がり、居間まで来て、たまたま風呂場の入り口に立っていたぼくに、手で邪魔だと合図した。そして、みんながとめるのに風呂に入った。亡くなる前の晩だった。がんじょな人だった。

田んぼでも勉強でも、がんばることを、がんじょすると言う。がんじょして、田植えをしまいましたがん。がんばって、田植えを終わらせました。そんな風に使う。

がんじょには、体のがんじょうさよりも、心のがんじょうさがある。心でふんばる気分がある。

最小限の時間と労力で効率的に稼ぐ、そんな計算高い働き方を、がんじょするとは言わない。だから、無駄ながんばりも、そこにはふくまれるけど、それを無駄と思わないのが、きっと、がんじょな人で、

自然から恵みをもらう田んぼ仕事では、天気しだいで、それまでの仕事が無駄に

なってしまうのを、いちいち気にしてはいられなくて、わかっていた。

風呂に入れば、体力は落ちる。その最後の体力で、父は風呂に入った。自分の体くらい、自分の人生くらい、自分で面倒みてやる。最後まで、がんじょなかった。

文字をもたない文明だった

ええ点　いい点

小学校も出ていないおばあちゃんは、
読むことも、書くこともできなかった。
インカ文明みたいに、おばあちゃんは、文字をもたない文明だった。

おばあちゃんは、トコロテン作りの名人だった。
毎年、初夏の海岸で集めたテングサで作るトコロテンは、
香りが高くて、歯ごたえがあって、
ぼくが中学のとき、どういうツテで渡ったのか、校長先生も食べたらしく、
学校の廊下ですれちがったとき、
おばあさんが作りなるトコロテンは、天下一品だなあ。

と、ほめられたことがある。おばあちゃんに伝えると、

「校長さんが、そげに、え点ごしなったかや」

そんなにいい点数をくださったのかいと、しわくちゃになって笑った。

おばあちゃんは、
テストも、平均点も、偏差値も知らなかった。
孫たちのテストの話になると、
百点じゃねても、え点ならえがん。
百点じゃなくても、いい点ならいいじゃないか。と言った。
天下一品のトコロテンは、
この世にひとつしかないトコロテンは、
百点にとどいていなかったかもしれない。でも、
百点より、いい点だったかもしれない。

え点は、何点だ。おばあちゃん。

残業帰りの地下鉄では、蛍光灯の明るさに、
酒くさい人と、仕事疲れの人と、目を閉じて座っていて、
吊り革につかまって、まだ書類に目を通している人もいる。
どっちみち、窓の外に景色はない。そのことに油断して。
そして、みんな、帰り着いて、冷たいものを飲んで、
ふうと、ひとつ息をはく。

おばあちゃん、
百点じゃねても、えがんな。
え点の方が、えがんな。

知らん　知らない

家から歩いて五分ほどの所に、おばあちゃんの畑はあって、道の手前寄りに、玉ネギ、豆、大根など、自分の家で使う野菜を作った。おばあちゃんは、買い物に行くみたいにして畑に行って、使う分より多めに抜いて、娘が嫁いだ先にも、遠回りして配りながら帰った。畑の隅に、こぼれ種から生えたコスモスは、食べられもしなかったし、仏壇に供える花でもなかったけど、そのまま咲かせておいた。

花は、まず仏壇のためだった。だから、

裏庭の花壇は、花を楽しむためじゃなくて、花を作るための場所だった。どこに何を植えるのがきれいか、景色のことはいちいち考えない。いずれ切って、お供えするための花を育てた。水仙、グラジオラス、菊、

花壇には、ネギやシソも育っていて、花も、野菜も、同じ身分で植わっていた。

おばあちゃんが、

「この花の名前、知っちょうかや?」と指差した花壇には、小さな、とがった赤紫の花が咲いていた。

「知らん」(知らない)とこたえると、「知っちょうがな」(知っているじゃないか)と笑った。しばらく、「知らん」「知っちょうがな」が繰り返されて、

その花の名は、シランだった。

冗談など言ったこともなく、みんなの笑いからはとり残されがちだったおばあちゃんの、ひとつだけ覚えている冗談で、

シランは、紫蘭と書くには、あまりにも素朴な花だった。

おばあちゃん、シランを、知らん、と覚えていたのだと思う。

字が読めない人だったので、紫蘭と書くことなど知るはずもなかった。知ったところで、なんだか複雑な字だと思うくらいで、紫とか蘭とか、その字が持つ、貴い匂いに、思いはいたらなかっただろう。

自分のツネという名をやっと書いて、でも、それがシネになっていて、孫に笑われたこともあるおばあちゃん。自分だけが知らないことが、世の中にはたくさんあるのだと思いながら生きた。

だから、でしゃばらなかった。でも、しゃんとしていた。

シラン、知らん、知らない、知られない、それは、

名もない花みたいな生き方だったけど、でも、

紫蘭だった。

帰りしな　帰りがけ

何の用事があって二階まで来たのかわからなくなって、そんな物忘れに、しかたなく階段を降りる足音は、今日も無数の町に、無数にひびいている。あきらめた、ゆっくりとした、平和な足音で、階段を降りきったところで、あ、と思い出す。

おばあちゃんの場合、物忘れを通りすぎて、階段を降りても歩きつづけて、豆腐屋の角を曲がって、派出所のわきをぬけて、あの石段で、おしろい花を見ていた。

見つけて、背中に声をかけると、

「あら、てっちゃん、帰りしなか？」

（あら、てっちゃん、帰りがけか？）

と、ぼくをおじさんと間違えて、しかもどこからか帰るところと思い込んでいた。


帰りしな。行きしな。

「しな」は、たぶん「階」と書ける。それは階段の一段一段みたいな途中の場所で、決して目的地ではなくて、これからどこかに通じる石段だ。


おしろい花が咲き乱れて通せんぼするその石段は、おばあちゃんの子供たちが、そしてさらにその子供たちが、小学校に通った道だった。自分のときは、子守りや家事で学校に通えなかったおばあちゃん。今度は花にはばまれて立ちすくみ、たそがれにだけ放たれるその匂いに、

「あら、ひでちゃんだがん」と、正気にもどった。ぼくがぼくに重なって、今が今に重なって、

「帰らいや」と、ぼくの誘いに、

「おら、何しに来ただかいな。歳とおといけんなあ、すぐに忘れてしまって」

と、苦笑いした。そのくちびるが、力なくつやつやしていた。

人は、幼いうちは、生まれる瞬間のことを覚えている。

あのとき頭がぎゅっと痛かったとか、とても眠たかったとか、ちゃんと思い出して話していたのに、やがて物心つくと忘れていく。

ぼくたちは、石段を降りる。

何をしに来たのか、どこに行く途中だったのか、思い出せなくて、あきらめて、階段を降りる。

降りきれば、あ、と思い出すだろうか。

なんだ、そうだった。それをするために生まれて来たのだったと。

始末な　無駄をしない

どうしても、鏡台しか思い出せない。おばあちゃんの部屋にあった物というと。

「年寄りは、きれにしちょらんと嫌われえけん」

(年寄りは、きれいにしてないと嫌われるから)

と、おばあちゃんは髪をとかし揃えながら、姉に同じ言葉をくり返したらしい。

男の子であるぼくには、一度も言ったことはなかったけど。


年をとるほどに身ぎれいに気をつかい、ついには、身の回りの物もきれいさっぱり片付けて死んだ、おばあちゃん。

先代から引き継いだ物は、庭の牡丹《ぼたん》まで、そっくりそのまま残したけど、私物はほとんどなかった。

鏡台の引き出しには、ハンドクリームの匂いのほかに、櫛と輪ゴムと、おみやげにもらった手鏡。

始末な人だった。

「始末な」は、きちんとした、無駄をしない、節約家の、そんな意味がまじっていて、方言というより、あたり前の日本語だけど、ぼくが子供のころの鳥取県では、ふだんにしょっちゅう使われていて、陰で使うときには、ケチ、の意味をにじませたりもした。

共通語では、物を捨てることも始末するというけど、鳥取県では、そんな使われ方はたぶんなかった。

お金を始末せんといけんじぇ。は、お金を捨てなきゃいけないよ。じゃなくて、お金を節約しなきゃいけないよ。だった。

始末な人は、お金や物に命を見ていた。その命に敬意をはらった。
大根は、葉っぱからしっぽまで、あますことなく使い切った。葉っぱは味噌汁に入れたし、大根漬けには、しっぽの近くの細まったところまで漬けて、おじいちゃんなどはそこが好きだった。いよいよしっぽのところは、花壇に撒いて土に返した。大根の命を、最初から最後まで大切に使い切ることが、大根への礼儀だった。両手をあわせて、いただきますと感謝をこめた。そして、
自分の命も、「始」から「末」まで、あますことなく使い切ろうとした。

鏡台の引き出しには、もうひとつ、
百万円の入った貯金通帳と印鑑が残されていた。葬式代だった。
文字を読めなかったおばあちゃん、「しまつ」が「始末」とは知らないままに、
ちゃんと始末をつけて行った。

きょうとい　こわい

沖に向かって泳ぐとき、きょうといやな気がした。
見えるのは、ただ、水平線と雲だけになって、はるばるとした海が、きょうとかった。
「きょうとい」は、「こわい」。
「気疎《けうと》し」からきた。人気がなく、さみしいことで、
鳥取県がこわがったのは、泥棒でも、喧嘩でもなくて、そんなものさえないこと、
誰もいないことだった。
砂浜をふり返ると、おばあちゃんの日傘の藤色が見えて、やっとこわくなくなった。

二日酔いのままに、コーイチの部屋に行くと、うわさどおり誰かの送別会をやっていて、でも、ぼくはベッドルームで休ませてもらった。ベッドの中で、ふと眠ることもあったけど、大体は起きていて、入院した人みたいに天井を見ていた。たまに様子を見にくる人もいて、事情を話してケガを見せると、軽く笑ってくれた。

キッチンの方からは、ときどき、明るい声が聞こえてきて、それは道しるべみたいで、

ひとりで暮らすということは、ひとりで風邪をひいて、ひとりで治すことだ。そんなこと、何度も、何度も、わかっている。わかっているけど、

誰だって、遠い海を、ひとり、きょてやな気持ちで泳ぎながら、砂浜をふり返って、パラソルを探したくなる。

海からあがってくるたびに、孫たちは、あと何十分泳いでいいか、おばあちゃん

に聞いた。大人たちは忙しがって、なかなか連れてきてくれないのを、おばあちゃんだけは、近所に住む孫たちを順番にひろって、川沿いの道を歩き、国道を横切り、海までの坂を下り、それから砂浜に日傘をさして座って、じっと座って、そんなおばあちゃんに、

おもっしぇことねでしょ？　おもしろくないでしょ？　と聞くと、

「おもっしぇこたねだあも、まっと、泳げばえがん」

（おもしろくはないけど、もっと、泳げばいいじゃない）

パラソルだったかもしれない。

おばあちゃん、波間にパラソルを見ていたのかも。

孫たちは、おばあちゃんにとっての、パラソルだったのかもしれない。

誰だって、遠い海を、ひとり、きょうといやな気持ちで泳ぎながら、砂浜をふり

返って、パラソルを探したくなる。
あれだ。手をふってる。
こわいな、こわいな、泳ぎながら、でも、
パラソルを見つければ、少しこわくなくなった。

いい具合

十二月二十九日が、もちつきの日だった。

台所では、おばあちゃんが中心だった。だからだと思う。その家には、おじさん家族も暮らしていたのに、ぼくたちは、おばあちゃんの家と呼んでいた。

もちつきの日は、親戚中がおばあちゃんの家に集まった。前もって、それぞれの家の分のもち米は運ばれていて、もう水につかっている。ふだんはガスコンロを使っているのを、もちつきの日は、かまどが復活した。薪をくべて、もち米を蒸かした。

土間の台所で、おばさんたちも、馴れた手つきで鍋やふきんを洗っては、忙しく使いまわした。中庭では、おじさんたちが交代で杵《きね》をふり下ろす。にわとりが遠まきにうかがっている。つぶつぶだったもち米が、だんだんつるりとした肌になっていく。臼《うす》の中のもちを整える手ごたえを見ながら、周りから、「もう、えだねか」「まんだだ」「もう、えやなじぇ」「おお、え具合にできた」声がかかる。

つき上がって、平台にのせられたもちを、かたくり粉をつけた手で、ちぎって丸めるのもおばさんたちの仕事だった。きな粉をまぶして、その場で食べる分も作り、子供たちは、「もう、いらん」というほど食べさせられた。

いい正月を迎えるために力を出し合った。そして分け合った。

今では、

おばあちゃんも亡くなって、もちつきもなくなって、かまども中庭もなくなって、力を出し合うこともなくなった。分かち合うものもなくなった。親戚のつながりもなくなって、

つないでいた手はほどけ、もち米の蒸かし方も、ところてんの作り方も、子供の

育て方も、手から手に受け継がれることはなくなって、本にだけ記録されることになった。

結局、ぼくは、もちつきに間に合わなかった。一度もつき上げることなく、儀式を体験することなく、大人になった。

杵の持ち方。腰の入れ方。ふり下ろす間合い。力の入れどころ、抜きどころ。

教わらないままに大人になって、

ありがとうの伝え方。ちゃんとした謝り方。いやみのないゆずり方。かっこういい負け方。うまい嫌われ方。タイミングのいい許し方。じょうずなあきらめ方。

大切なものの守り方。

それは、教わることじゃなくて、ひとつひとつ覚えていくことだとしても、

幸せかどうか、自分の心で決めることだとしても、

ふと、誰かに、「まんだだ」とか、「もう、えやなじぇ」とか、「おお、え具合に

できた」とか、あんなふうに、
声をかけてほしい十二月がある。

かんらん　キャベツ

つくしを摘むのは、学校の土手。
海苔を採るのは、三区の堤防。
栗を拾うのは、古墳山。銀杏《ぎんなん》なら、お寺だった。

町角に、何が生えるか、誰もが知っていた。
すべての町角が、大切に使われていた。

よもぎを摘むのは、大川の上流。
春ごとに、おばあちゃんと行った。
はじめは、雑草と見分けがつかなかったのが、ぎざぎざの葉に、銀のうぶ毛が生えているのがよもぎ。
踏んだだけで香りたつ、そんなよもぎだったのに、
いつか、
摘む人がいなくなって、よもぎ餅を作る人もいなくなったら、
よもぎは、よもぎという名前を忘れて、雑草のひとつにまぎれていく。

世界は、おばあちゃんたちをなくして、
いくつことばをなくし、いくつ町角をなくすだろう。
かんらんは、もう、キャベツと呼ばれている。
こしょうも、今では、ピーマンで統一されている。
畑ですら、ふたつ、ことばをなくし、もう、かんらんの収穫はない。

おばあちゃんなら、きっと、

そげしたもんだわい。そういうものだ。と言うだろう。
世代交代は、人類の望みなのだから。
でも、それでも、

二十一世紀の道ばたにも、うっとりと咲いている、
この草が、よもぎであることを、
きみには伝えておこう。

好かん　好きじゃない

字が書けなかったおばあちゃんから、
お年玉をもらったとき、ポチ袋に、「おばさんから」と書かれてあったのは、

「おばあさんから」の間違いで、それを孫の一人に言われて、

「いけんなあ、わしやちゃ」

だめだなぁ、わたしたちは、と、とても言いなれた風に言った。

「わしやち」は、「わたしたち」のこと。
複数形になってはいるけど、おばあちゃん一人しかいない。
「わたし」に、謙遜の気持ちをこめるときに、「わたしども」と複数形を使うのと
同じ法則で、方言は、日本語は、そんなふうにできている。一人で、胸を張って、

自分で、「わし」でいることよりも、「わしやち」と見えない道連れを作り、見えない群に埋もれてみせることが、ていねいなのだった。


おばあちゃんは、「嫌い」と言わないままに、一生を過ごした。

「嫌いです」という方言がないのだ。

そんな気持ちは、「好かん」、好きじゃない、と少し遠回りして言う。

誰かが誰かを「嫌っている」という言い方はある。

あのえの嫁さんは、姑さんを、がいに嫌っちょうだけん。

あの家のお嫁さんは、姑さんを、とっても嫌っているから。

うわさ話をするときのためには、「嫌い」を使うくせに、自分が誰かを嫌っているとき、「私は嫌いです」という言い方はない。

わしやちゃ、あの衆《し》は好かんけん。

わたしは、あの人を好きじゃないから。

「好かん」とぼかす。「好かん」は、好きでも嫌いでもない、というわけじゃなくて、実は限りなく「嫌い」に近いけど、でも、ぎりぎりのところで逃げていて、ちゃんと相手の目を見てなくて、決心してなくて、鳥取県は、そんなふうに生きてきた。

それが、今日のぼくには、やさしさじゃなくて、ずるさに思える。
疑問形で、主張する人のようで。
沈黙による、返事のようで。

だらず　ばか

人は、何も持たずに生まれてくるというけど、本当は、すべてを持って生まれてくる。
それぞれの境遇を持って生まれてくる。
その国に、その家族に、
美しさとか醜さとか、背の高さとか低さとか、豊かさとか貧しさとか、才気とか凡庸さとかを持って。

おばあちゃんは、貧しい時代を持って生まれた。
生まれてすぐに母親を亡くし、次のお母さんが来て、それから生まれた弟や妹の面倒を見るための子供時代だった。それは、明治に生まれた女の子としては、たぶん、めずらしいことじゃなかった。

大人になって嫁いだ先には、とりあえずの家と、田んぼと、畑があって、生まれた八人の子供のうち、二人を幼いうちに亡くしたけど、あとの六人は成長し、それぞれに家族を持った。

年老いたある日、台所で倒れて足の骨を折ってから、最後の数年は、足も頭もおぼつかなくなって、ぼくの名前もわからないままに、

「よう来てごしなったな」(よく来てくださいました)と迎えた。

長生きしないよ、と言うと、

「もう、えですわ」(もういいです)と、細い、しわくちゃの手をひらひらさせて笑った。それは、早く死にたいという意味じゃなくて、満ち足りたという意味だと信じたい。

おばあちゃんの死は、もちろんニュースにもならない平凡な死だった。葬式には、

子供も孫も、一人も欠けることなく揃った。火葬場で、台の上にのせられた、人型の、力なく崩れた骨が運ばれてきたとき、みんなの代わりみたいに、従妹《いとこ》が声をあげて泣き出した。

八十四歳だった。満ち足りた死だったと信じたい。

だらず。

鳥取県で、バカのことをそう言う。もし書くなら、きっと「足らず」だ。

自分の人生に、あれが足りない、これが足りないと文句ばかり言っていると、だらずになる。

ここには近づくな。自分の人生くらい、ちょっとした傷もふくめて、しっかり抱きしめてやりなさいと、「だらず」は背を向ける。

おばあちゃんは、きっと、

幼くして母を亡くした記憶を、不幸せの引き出しにしまいこまなかった。人生がくれた宝物として、見えるところに飾って、自分は長生きする母親であろうと決め、そして生きた。

八十四歳だった。足りた死だったと信じたい。

おとこ色　おとこの色

生まれたまま、そのまま育ちたかった。
左利きを、右利きに直されることなく、そのまま育ってみたかった。

小学校のとき、ピアノの先生がうちに来て、ぼくにバイオリンを習わせてはどうかと言った。ぼくは、習いたくて、両親の横に座って、返事をどきどきしながら待っていると、タバコを買ってくるように言われた。ぼくは、おつかいが速いとほめられるのがうれしくて、いつも走って買いに行っていたけど、そのときは全力疾走でタバコを買って、家に着いたら、もう先生は帰るところだった。そして、ぼくがバイオリンを習うことはなかった。
ピアノだけでじゅうぶん。男の子に音楽はいらない。そう思われていた。

男だに、あけやな色のもん着て。
男なのに、赤いような色のものを着て。
あのころ、身につけるものには、おとこ色、おんな色という区分けがあった。
おとこ色は青や茶色までで、おんな色の代表が、赤だった。
でも、着たかった。
赤は火星の色だった。ヒーローのスカーフの色だった。

おばあちゃんの部屋にも、赤は禁じられていた。
服も、扇子《せんす》も、割烹着《かっぽうぎ》も、座布団まで、全部、沈んだ色合いだった。
化粧品も、色をつけるためのものはなかった。
赤は、若い女のための色だった。
そんなふうに、色の使い方には、やんわりと決まりがあって、そんな色の文化は、葬式や、結婚式に着る色のマナーにも、きっとつながっていく。
文化は、こころのカタチだったのに、いつの間にか、
カタチにこころを合わせることにすりかわった。
でも、だからだろうか、
生まれたままに、こころのままに着てみたかった。そう思う。

ぼくが、小学校の二年のとき、いちばん仲良くしていたのは女の子だった。同級生からひやかされたけど、いつも遊んでいた。ある日、学校の帰りにいっしょにおばあちゃんの家に寄ると、おばあちゃんは食べ残した給食のパンを油で揚げて、ドーナツパンにしてくれた。そして、ぼくたちがからかわれていることを知ると、
うらやましだがな。言いてもんには、言わしちょきゃいだけん。
うらやましいんだよ。言いたい者には、言わしておけばいいんだから。

きっと、おばあちゃんも赤を着たかった。でも、着なかった。着られなかった。
そして、人にも着させなかった。
みんな赤が着たかったのに、どうして、そんなことになったのか。
どうして、たがいに禁じてしまったのか。こころのままにあることを。

まんちゃする　ごまかす

林は、大聖堂になる。

木漏れ日が、林を大聖堂にする。

木々のすき間から、大山《だいせん》の万年雪を望んで、ぼくたちは手を合わせる。


おじいちゃんが亡くなって、おばあちゃんは四国でお遍路さんになった。

白装束で、杖をついて、おばあちゃんが通り過ぎようとすると、ときどき道ばたの人が手をやすめ、おばあちゃんを拝んだ。そのとき、捨てんかったらよかった、と、おばあちゃんは思った。

おじいちゃんの入れ歯のことだった。おじいちゃんが床にふせって、何も食べられなくなったとき、入れ歯がにおった。おばあちゃんは、もういらないだろうと、それを、誰も見ていないすきに、燃えないゴミの方に捨てた。そのことが、拝まれてはじめて、後ろめたかった。

なんでも、まんちゃは、できんなあ。

なんでも、ごまかしは、できないなあ。

と、おばあちゃんは思って、お寺を巡りながら、拝みながら、傾いた気持ちをまっすぐにした。

曼荼羅《まんだら》を「まんちゃ…」と読みかけて、ぼくは、その子供じみた勘違いを、放ったらかしにしてきた。
曼荼羅図では、宇宙のすべてが、きちんと並べられているというけど、その中心は、
ごまかしとか、ずるさとか、「まんちゃ」なのだと、そう思ってきた。
曼荼羅に手を合わせれば、

負の心も、宇宙の一部として、きっとまっすぐになれるのだ。
ゆがんだ掛け軸をなおすみたいに。
傾いた花を挿しなおすみたいに。

子供のころ、栗拾いや、七夕の笹竹をもらいに山に行くと、薄暗い林に、ふと日がさして、神々しい気持ちになった。寺院にいるような気がして、木漏れ日が、林を大聖堂にした。
栗の袋を脇に置いて、おばあちゃんは手を合わした。

木々のすき間から、大山の万年雪を望んで、人は手を合わさずにはいられない。
宇宙に向かったとき、気がつくと人は、地球にまっすぐに立っている。

朝、カーテンを開けて、富士山が見えると、ぼくは手を合わせる。
祈りというよりも、それは、上下、左右を正す作業として。

きれな　きれいな

雪はやんでいたけど、
風は、
白鳥と、おばあちゃんに吹いた。

冬の朝、大きな池のほとりで、おばあちゃんは、
風下へ吹き寄せられる、白鳥の群を見た。
白鳥は、水の上で眠っていた。
頭を背中にまわして、羽根の間にうずめて、浮かんだまま眠っていた。
八つか、九つのとき。
片道二時間ほどの町に、肥料に使う大豆カスを買いに行かされた朝。

ほかの子たちは、学校に行こうとしていた朝だった。

きれなてなあ。
きれいでなあ。
と、おばあちゃんは教えてくれた。

そんな、うつくしい朝をむかえたい。
敵や、味方や、そういうものができてしまうのは、しかたないにしても、
山や、湖を、敵にまわしたくない。
よわくても、おくびょうでも、まちがっていても、
森や、雲に、まっすぐでいたい。そう思う。

教科書のかわりに、

おばあちゃんは大豆カスを背負って、
その袋は、おばあちゃんの背中よりも大きくて、
帰り道の池で、白鳥はもう目覚めていた。
まだ風が吹いていた。
白鳥たちは、流されずに、でも、流れにのって浮かんでいた。

おばあちゃんは、
重てなあ、寒なあ、のすき間で、もういちど、
きれななあ、と思って、
白鳥も、まっすぐに、おばあちゃんを見た。
ほかの子たちのだれも、
白鳥に見られた子はいなかった。

そらいろのうみ

ちゃんこする　座る

お寺で、かくれんぼをしているとき、鬼と目が合った。でも、カンちゃんは見えなかったふりをした。ぼくを見つけなかった。でも、平気だった。地蔵の裏で、ひとり、しゃがんでいても、ぜんぜん平気だったのに、晩ごはんだよって、お母ちゃんが呼ぶ声がして、出ていくと、みんなこっそり帰ったあとで、夕焼け色のお母ちゃんがいて、ぜんぜん平気なぼくの目から、ぽろぽろ涙がこぼれた。お母ちゃんは、何も聞かずににこにこ笑っていて、つないだその手がふわふわだった。

お母ちゃんは、五月になると梨の袋かけに行った。それは、梨の実がサクランボくらいの大きさになったころ、ひとつひとつに紙の袋をかぶせて守るためで、地元のおばさんたちが労働力として駆り出された。

ぼくは低学年のころまで、その季節には、学校から帰ってテレビを見てから、五時を過ぎるとお寺に行った。袋かけを終えたおばさんたちが、軽トラックで送られて、解散するのがお寺の前だった。ぼくは、お寺にかくれていて、お母ちゃんが見つけてくれるのを待った。荷台から降りてきたお母ちゃんは、ぼくを見つけ出すと、

「ほん、みやげ」と、お菓子の袋を渡してくれる。それは、三時のお茶の時間に、ひとりにまるまるひと袋ずつ配られるお菓子で、お母ちゃんの袋はいつも破られていなくて、ひとつも食べられていなかった。

ぼくは、お菓子とお母ちゃんを、銀杏《いちょう》の木の後ろや、地蔵の裏に、ちゃんこして待っていた。

いい子して、ちゃんこして。いい子にして、じっと座って。

それは、いつも、お母ちゃんのせりふだった。

「ちゃんこする」は、子供言葉で、大人しく、ちゃんとしずかに座っていることで、田舎のむきだしの自然の中で、川に落ちたり、転んで怪我をしないための教えだった。

でも、いつか、息子は、母親の言いつけにそむかなければならない。

大学四年の夏休みに、就職試験を何社も受けて、後日、四行しか文章のない、不採用の通知が届くたび、誰もぼくを探していないのだとわかった。

渡る世間に、鬼はいない。

もういいよ、もういいよって言っているのに、見つけてくれる鬼はどこにもいなかった。いい子して、ちゃんこして、ちゃんとしてても、誰も見つけてくれない。

立ち上がって、地蔵の裏から出て行って、怪我をしながら、恥をかきながら、自分のことは、自分で見つけるしかなくて、だけど、だから、子供たちは、ときどきあの地蔵の裏に帰りたくなる。そのとき、母親たちも、もう誰もいないと知りながら、地蔵の裏をそっとのぞきこむ。

そして、

もういいかい。もういいよ。

母と子であることを証明する、そんな合言葉があったことを、夕焼けはもういちど思い出す。

つぎ布

布のことを、つぎ、と言った。

ずっと方言だと思ってきたけど、たぶん、継ぎ当ての「継ぎ」だった。

でも、新しい服のために新しい布を買うときも、つぎを買う、と言った。

布は、はじめから破れるものとされていて、いずれ継ぎはぎだらけになる、そんな覚悟が、もう呼び方の中にあって、

ある日、ふと、そんなことがある。

ふと、気に入っていたハンカチが失くなっているのに気づく。

母の場合も、ある日、突然、ぼくを床屋に連れて行った。それは、近所のいつもの床屋ではなく、家から十五分ほど歩いた、はじめての床屋だった。そこに着く

までに、もうひとつ床屋を通りすぎた。しかも、ぼくはもう高学年で、親といっしょに行く歳ではなかった。

それは、母が娘時代に交わした約束を果たすためだった。

その床屋のおばさんは母の同級生で、おばさんが理容師の修業を始めたとき、

「いつか結婚して、男の子が生まれたら、散髪に行かせえけん」

と、母はエールを送ったのを、そのままにしてきてしまった。

「ごめんよ」。母が言ったのを、床屋のおばさんは、

「なんが。あんたげの町内には、林原さんがあるがん。近所づき合いだもん、林原さんに行かせんと」

と、笑いとばした。引き出しの奥から、ハンカチが見つかった。

ごめんよ。

それは、言葉でできた「つぎ」だった。

あのころ、人は、「ごめんよ」と針を持ち歩いていて、あんな小さなほころびも、ひとつひとつ、つくろった。もともと、そういうものだったのに。キルトみたいに、そうやって作り上げていくものだったのに、

もう、どれくらい、あやまっていない。

片桐さんにも、サトシにも、よう子さんにも。

知っているのに。ごめんなさいが、どんな言葉よりも、つないでくれることを。

でも、怒っている人はこわい。不機嫌な人も、すねている人も、そのまま縁を切った方がてっとり早い。そして、別の人と出会い、すげかえればいい。そのために、都会に暮らしているのだから。


ある日、ふと、そんなことがある。

あやまらないままに、すれちがってしまった人を思い出す。

でも、それは、やっぱり、失くすことだと思う。気に入っていたハンカチなのに、
雨に濡れている。
もう、どれくらい、田辺にも、トモちゃんにも、修司にも、
自分にも、あやまっていない。

てぼたん花火　線香花火

クジラは魚じゃないと、みんな信じている。でも、科学者たちは知っている。たしかに、息のしかたとか、子供の産み方とかは、哺乳類に似ているけど、でも、実はそれで種類は分けられない。もっと闇の中まで見なくてはいけない。生き方とか、魂とか、そこを見なくてはいけなくて、クジラは、こころが、魚だ。

血液型の話をしていると、かならず、人間をたった四つに分けるのはおかしいと、茶々を入れるやつがいる。でも、社会学者たちは知っている。四つはかなり多い方だ。ふだんはたった二つに押し込んで、あとは闇にかくして、人類を語ろうとするくせに。

たとえば、大人と子供とか。男と女とか。

「手から、ぼたんって、落ちるけん」

と、母は子供だましな答えを教えた。ぼくが、まだ保育園のころだ。線香花火のことを、鳥取県では、てぼたん花火と呼ぶ。てぼたんの意味をたずねた姉に、母は火をつけながらそう答えた。そのとき姉の手元が揺れて、まだ大きい火玉が落ちた。ぼたん、と落ちた。

それは、ぼくがゆう子の家に火をつけた日だった。ゆう子の家は土間の台所で、隅に薪が積んであった。そばにマッチが置いてあって、ゆう子がマッチをまだよう擦らんと言うのを、ぼくは擦れると大人ぶって、こげなふうにすうだがなと、薪に火をつけた日だった。

薪がいっきに燃えだしたので、怖くなって、ふたりで逃げた。

逃げながら、ぼくはもう泣いていた。涙は流していなかったけど、怖くて泣いていた。

火は、ぱちぱち燃える音に気づいたおばあさんが消して、火事にはならなかった。

夕方、母にそのことを聞かれて、ぼくは、うん、火をつけたと、なぜだか笑いながら言った。そのときも、ぼくの気持ちは泣いていた。ずっと、ずっと、暗闇の片隅で泣いていた。だから、叱られると思っていたのに、母は、ただ、

「もうしたらいけんよ」

と言っただけだった。涙にならないぼくの涙を見たのだと思う。

そして、花火を買ってきて、ぼくに、バケツに水を入れてくるように言いつけた。姉たちも呼んで、家の前で花火に火をつけた。

もし、母の言うとおりだとしたら、
てぼたん花火は、線香花火よりも、落ちるところを見つめる呼び名だ。
光を楽しむものというよりも、その後の、闇を作るための仕掛けだった。

闇の中には、こころがかくされているのだからと、子供たちにそう教えたい、
てぼたん花火だ。

かいど　街道

昭和四十年を過ぎていたのに、舗装されている道は、国道と県道だけで、国道は「九号線」と呼ばれ、県道は「かいど」と呼ばれていた。

九号線は離れていたけど、かいどは、うちから二十メートルほどのところにある馴染みの道で、材木を積んだ荷車を馬がひいていたり、真ん中に牛の糞が落ちていたり、首輪をつけた犬がうろついていたり、そんな道だった。夏場、かいどに降る雨の匂いは、土の道の雨とはちがって、たちのぼる、まとわりつく匂いだった。

幼いぼくは、アスファルトの道のことを、かいど、と呼ぶのだと思い込んでいて、九号線もかいどの一種だと思っていたけど、その呼び名は、たぶん街道からきていた。

最後の「う」が消える。鳥取県には、そんな発音がよくある。
街道は、かいど。灯籠は、とうろ。裁縫は、さいほ。練習は、れんしゅ。
戦争は、せんそ。戦争ということばも、ちゃんと方言になってしまっていた。

せんそが終わったのは、母が小学生のときだった。

ある日、
小学校に、新品のズックが一足だけ配給された。朝礼で、校長先生がみんなに見せたズックの白さは、講堂のいちばん後ろの子にもまぶしくとどいた。
そして、それをもらえる子を、くじ引きで決めるのだと発表された。児童は三百人ほどいた。当たるはずもなく、それが当たるであろう誰かが今からうらやましくて、いっそズックなど来なければよかったのにと、下駄ばきの母は思ったのに、
当たった。くじ引きで、母に当たった。
「うれして、うれしてなあ」

ズックは、母の足にはぶかぶかだった。

上級生の男子たちが、貸してごせと取り上げて、女にはもったいねわ、と順番ではくのを、どうしようもなく見ていると、やっと六年生の女子が取り返してくれたけど、家に持って帰って親に見せる前に、すこし汚れてしまった。

母は、そのズックを何年もはきつづけた。そのころは、かいども舗装されていなくて、水溜まりのできる雨の日ははかなかった。穴が開いたら縫って、ヒモが切れたら手ぬぐいでよってもらって、ズックの大きさに足が追いついて、きつくなって、ぼろぼろになるまではきつづけた。


母は、くじ運があると思っているのか、今でも、宝くじを送ってくれと電話がかかる。ぼくは、東京でも、当たると評判の売店で買って送る。

母にとって宝くじは睡眠薬だと言う。寝床に入ってから、当たったらあれに使おう、これに使おうと考えているうちに、いつの間にかぐっすり眠ってしまうのだという。
睡眠薬だけん、当たらんでもいだもん。と言いながら、
大金が当たったあかつきには、豪華客船で世界一周をすることに、もう決まって
いる。電話台の下には、以前、新聞にはさまっていたチラシ広告がちゃんとしま
ってある。

人の、眠れる眠れないは、夢の糸口のあるなしかもしれない。
夢は、大きなものでも、小さなものでも、
遠くに見るものじゃなくて、近くに引き寄せて見るものかもしれないと、ぼくは、
眠れない夜にそんなことを考えながら、母の、かなわぬ夢の相手をするくらい、
孝行のひとつと思って、季節ごとにバラで十枚を買って送る。
孝行も、こうこ、と「う」が消える。

灘《なだ》　海辺

海辺のことを、灘《なだ》と呼んだ。

共通語では、川の早瀬や、海でも潮の流れの速い所をそう呼ぶはずで、あれは、しずかに波が打ち寄せる砂浜だったのに、灘と呼んでいた。


灘がつく名前の人、たしか灘元さんだったと思う。その人の家は、海辺にあった。灘元さんは、ぼくが小学校に上がったばかりのころ、記憶のはじめの方にいる。昔、父が建具の修業をしたときにいっしょだった人で、でも、結局は建具屋にならずに、大阪の方に行っていたらしいのが、久しぶりにもどってきた。

父や母に、知り合いや同級生はいても、友達という人はいなかったように思うのが、灘元さんのことだけは父が、友達だ、と言ったので、不思議な感じがしたのを覚えている。

瀬元さんは、ミミズの養殖を始めるのだと言って、お金を貸してほしいと父にももちかけた。もちろん、うちにそんな余裕があるはずもなく、父は断るしかなかった。

それでも、瀬元さんは何度か来ていた。ある晩、父がいないときに母と話しこんでいて、その流れからだろう、母はお金を貸してしまった。いくらかはわからない。

借金を断るのは、慣れないうちは、なかなか大変なことだ。母にはまだ、できなかったのかもしれない。それとも、父の青春を、母なりの方法で守ろうとしたのかもしれない。夫の友人に、いい奥さんと思われたい気持ちもあったのかもしれない。瀬元さんが父よりもハンサムだったことも、少しは関係あるかもしれない。

ぼくは、もうお金を貸さない。断るか、いっそあげてしまう。最後に貸したやつが返すときに言ったのは、お礼の言葉ではなかった。取り立てがうっとうしいから お前からはもう借りないと、冗談っぽくそう言った。もう、連絡もとり合わない。

灘元さんは消えた。

その晩、いきさつを知った父は怒り、ぼくははじめて母の涙を見た。

急流だった。流れが速かった。しずかに見える海でも、潮はこわいくらい速く流れている。地元の人はそれをよく知っていて、だから灘と呼んだのかもしれない。お金の貸し借りは、友情のふりをして、おだやかな波の上で行われる。でもその下には、速い潮の流れがある。知らずにボートを出すと、沖へ、沖へ、流されてしまう。

母が泣いていると、そのとき近所のおばさんが来た。母は障子の陰から姉に、「おらんって言っちょいて」とたのんだ。玄関からすぐ居間の小さな家だったので、その声は、もちろんおばさんにもとどいていたけど、おばさんは姉のうそに、「なら、もどりなったころにまた来るけん」と帰っていった。そして、その日はたずねてこなかった。

いったん途切れた父の怒りは、そのまま途切れて、うやむやになった。

父の葬式の香典に、灘のつく名前はなかった。

すかる　寄りかかる

「すかる」は、「すがる」とは違う。
ちょっと寄りかかる感じで、決してすがりつかない。

父が入院した。その病院の廊下のベンチは、背もたれがなくて、
母は背中で壁にすかっていた。
隣りのベンチには、見知らぬ家族が、似たように力なく座っていて、
ふたつの家族の前を、杖をつきながら通り過ぎる人を、
ぼくは、天使だとわかった。
天使は足がわるい。
天使は小鳥くらいにしか歩けなくて、そのかわりに羽根がのびた。

天使が杖をすべらせて、そのまま廊下に転んでしまったのを、
ふたつの家族がかけよって、手をとって起こした。
「すんませんなあ。だんだんなあ」
（すみませんねえ。ありがとうなあ）
その天使の言葉がぼくたちを、患者の家族から、お礼を言われる家族に変えた。
そのとき何かがとぎれて、ふたりの母親はやっと、ため息をつくことができた。

たくさんじゃなくて、少しずつ、
病院では、みんなが少しずつ、すかり合う。
天使を支えるその手が、実は天使の手に支えられている。
生きようとする心は、実は病気に支えられている。
見知らぬ家族は、もうひとつの見知らぬ家族に支えられている。

世界には、少しずつが、たくさんちりばめられていて、
ひとりだった母親は、ふたりの母親になり、
ひとつでは飛べなかった翼が、一瞬、ふわりと風にのる。
それを、もうひとりの息子も見上げている。

すがりついたら、いっしょにおぼれてしまう。そのことを、
「すかる」は知っている。
診察室に呼ばれて、入ると、医者がいる。
すがりつかない。父の命のことは、この家族で決めよう。だけど、
あの雲が窓から見えなくなるまで、
ちょっこう、すからしてごしない。

のっかあとする　ひと安心する

山の中腹の火葬場から、しばらくは並木道だった。

車を運転しながら、紅葉しそうなその葉っぱを見て、サトちゃんが、「これ、何の木だ?」と出したクイズに、ぼくは、「桜」と正解した。ぼくが住む街の、線路沿いの道も桜並木で、だからすぐにわかった。

晴れ上がっていた。長くはないと言われてから、何年も患ってきた父を見送って、いま、ぼくの中にも秋晴れがあった。

夏休みが終わったさみしさと、宿題が片づいた安らぎと、心がふたつあった。

どこか、のっかあとしていた。


のっかあとするは、ひと安心すること。

姉の結婚式が終わって、家に帰ってきて、父は玄関を上がるとき、あわただしく脱がれたらしい姉のスリッパを、足で脇に寄せた。その後ろの方から母が、

「こうでのっかあとした」とつぶやいた。

気がかりだったことが片づいて、ひと仕事終わって、のんびりするときに使う。

父が亡くなるまで、うちには仏壇がなかった。線香立てひとつなくて、通夜には近所から借りた。

落ち着いてから、仏壇はもともと父が頼もうとしていた、腕のいい大工さんに造りつけてもらった。もう引退している人なのに、そういうことなら、と引き受けてくれて、四十九日には間に合わなかったけど、一回忌に帰ったときにはできていた。

「仏壇ができて、拝むところができいと、やっと一人前の家になった気がすうわ」

と母は言った。六畳一間のアパートから始めて、母の実家の納屋を借りたりしな

がら、たどり着いた今の家だった。
「こうでのっかあとした」と、母は、自分に言いきかせるみたいに、悲しみに決着をつけるみたいに言って、一回忌のあと、しばらく寝込んだ。

「のっかあと」を、ノックアウトに結ぶのは、もちろん無理がある。でも、ボクシングでノックアウトされて、リングに倒れているあの男の方が、どこかでのっかあとしているんじゃないかと、ぼくの中にはそんな、ななめな気持ちがある。
負けることには、くやしさの中に、安らぎのカケラがまぎれこんでいるのではないかと、少しそんな気持ちがある。

そして、
ぼくたちは、夏じゅう、ずっと、なかなか終わらない第四楽章を、まだか、まだか、待っていた。席を立つほどの動機も、勇気もなく、力の弱った磁石みたいに、くっつくほどの力はもうないくせに、弱く、薄く、くっついていた。

今日は負けよう。もう負けよう。

運命に負けよう。肩の力をぬこう。ぼくにもどろう。きみにもどろう。

倒れこんで、のっかあとして、そして、晴れ上がった疲労感に包まれながら、近くのものじゃなくて、もっと遠く、ずっと遠くだけを見ていたくて、紅葉した桜並木を見上げていたかった。

さいなら　さようなら

小学校では、三年生から、図書室の本を借りて家に持ち帰ることを許された。いよいよその春、何を借りようかと母に相談したら、「フランダースの犬」をすすめた。とりあえず、男の子が主人公の話にしたのだと思う。

ぼくは、「ふ」の本棚からそれを見つけて、それが生まれてはじめて借りた図書だった。ラストシーンを読んだのは、曇った日の縁側で、雪の上に倒れた少年と犬の挿絵がくるしかった。それでも、
子供に死を見せることを、大人たちはためらわなかった。

ちゃんと、さいならしない。ちゃんと、さよならをしなさい。と、命令された。

それは、生まれてはじめて見る死体だった。

おじいちゃんは、仏さんになるだけん。

ちゃんとさよならすれば、これからも、ずっと、おじいちゃんといっしょにいられるのだと、母は泣いた後の目をして言った。おじいちゃんは、母のお父さんだった。おじいちゃんの手は、何かを決めたみたいに、胸のところでかたく指を組まれていた。

本当のさよならは、ひらひら手をふらない。ひらひらさせてはいけなくて、ちゃんと成仏させなければいけなくて、

年の瀬に、スケジュール帳を買いかえるたび、アドレス欄を書きかえるたび、ちいさな決心をする。

卒業旅行で行ったドイツで知り合い、それから連絡をとったこともないのに、なぜか毎年、書き写す電話番号もあれば、

同じものを見つめて、コーヒーも、やさしさも、にくしみも、洗濯物の干し方も、

無言も、すべて分かち合った人の名を、今年は写さなかったりする。アドレス欄には、ひとつひとつに決断があって、そして、そのとき、誰かのアドレス帳からも、ぼくの名前が消えていく。

ちゃんと、さいならしない。

永遠は瞬間の中だけにある。出会いと別れの中間にある。だから、さよならは、ひらひらしない。ひらひらさせてはいけなくて、ちゃんと成仏させなければいけなくて、決心すれば、きっと、あの冬も永遠になる。

だんだん　ありがとう

「お前も、疲れただらがん」

両親が東京に遊びに来て、一週間ほど滞在して、帰り際にはいつも母がそう言った。観光につき合ったぼくにそう言って、「だんだんなあ」とつけたした。

いつも二人で来ていた東京に、父が亡くなって、母が初めて一人で来たとき、「やっぱり、連れがおらんと、道中がいけんなあ」と、着くまでの退屈さと、たよりなさをかくさなかった。

東京は、見るところがたくさんあるようで、実は、そんなにあるわけじゃない。特に、田舎から出て来た年寄りを連れて行くような場所は、そろそろ尽きていて、でも、何かもの足りなかったのは、東京のせいではなくて、父がいなかったせいかもしれない。

何か、から回りしたような、そんな東京見物を終えて、母を東京駅まで見送りながら、

もうそろそろ、見送りなしに、一人で東京駅から帰れるようになってもいいんじゃないかと、ぼくは母を責めた。そして、母は、自分が乗る寝台車がまだホームに入っていないのに、

「もうわかるけん。もういいけん。もう帰っていいよ」

と、遠慮するみたいに言って、それでもぼくは、いっしょにベンチに座っていた。ぼくが実家から東京にもどるとき、見送りはいらないと言うのに、いつも夫婦そろって駅まで来て、列車が動いて、見えなくなるまで手をふっていた。だから、ぼくもベンチに座っていたら、

「お前も、疲れただらがん。あとはもう、一人でもわかるけん。もう帰っていいよ」

しきりに言うので、ぼくは帰ることにして、階段を降りかけていたら、追いかけて来て、「だんだんなあ」と言った。

そう言ったんだと思う。ちゃんと最後まで聞かなかった。

言い終わる前に、ぼくが怒鳴りつけたのだ。

「荷物は？　いけんがん！　置いたまんまにしたら！」

母は、ベンチに荷物を置いたまま、ぼくを追いかけて来たのだった。

母はぼくの声に驚いて、からだ半分でベンチに引き返しながら、もう半分をぼくに向けて、「だんだんなあ」と言い直して、小走りにベンチにもどって行った。


だんだんは、ありがとうのこと。

鳥取県はもう忘れたけど、もとは「段段ありがとう」だった。

段段は、かずかず、いろいろ、あれこれで、関西弁の「おおきに」も、たぶん、もとは「大きにありがとう」だった。それを、省略して、短くして、幼い子供でも言いやすいかたちにしたのは、母親たちかもしれない。

もう行きなさい。そして、覚えておきなさい。

それは、どんなときにもお前を守ってくれる言葉だから、荷物よりも大切にしなければならない言葉だからと、そう考えたのは、母親たちかもしれない。

甲斐《かい》　生きがい

人と同じ物にしたくなる。

母が近所のおばさんと米子に行って、ハンドバッグを買ったときも、二人は同じバッグにした。デザインが気に入ったというのもあるけど、バーゲン品だったというのも理由だ。でも、実は、それはバーゲン対象外だったのを、店員が間違えて値札を貼ったらしく、店としてはしかたなく、バーゲン価格で売ってくれた。

そんな自慢話を聞かされた別のおばさんは、米子に行ったついでに、やっぱり同じハンドバッグを買ってきた。これで、町内には、同じ三つのハンドバッグが揃った。でも、三つ目のバッグは、バーゲン価格ではないはずだった。いくらで買ったのかを聞いても、三人目のおばさんは答えなかった。

その値段でも、おばさんは、同じバッグが欲しかった。

人と同じ物にしたくなる。

特に田舎町では、人とちがう格好や、とっぴな行動を嫌う。

そのくせ子供たちが、

「ケンちゃんも、タカちゃんも、みんな買ってもらっちょうに」と物をねだると、

「よそはよそ。ひとはひと」

よそ様と、ひと様と、ちがうことを善しとした。

子供には、人の持ち物をうらやむのを禁じた。

大人だって、せいぜいハンドバッグくらいにとどめて、財産や、家柄や、うらやんではいけないものがあることは心得ていた。


よそはよそ、ひとはひと。その後は何だろう。

よそはよそ、ひとはひと、じぶんはじぶん。その、じぶんが見つからない。

だから、ひとがうらやましくなる。

昭和のはじめに田舎町に生まれた母などには、人生のメニューはもともと少なかった。女の生き方といえば大体が決まっていた。じぶんはじぶんとか、じぶんらしい生き方など考えるすきもなく、高校を出て、結婚して、子供を産んで、年老いて、夫を見送って、そんな母に、

「ぼくの幸せよりも、じぶんの幸せを考えない。お金も、じぶんのために使いない」

などと言ってしまうのは、むしろ息子のわがままかもしれない。

母は、いつまでも結婚しないぼくに、

「結婚して、子供育てんと、甲斐《かい》がねがん」。甲斐がないじゃないか、と言う。

甲斐は、生きがい、やりがいの甲斐。鳥取県では、甲斐だけでよく使われて、

つまり、母の人生は、甲斐があったということで、

じぶんらしい生き方など考えたこともなかった。
人と似たような生き方をたどり、人と同じハンドバッグを選び、じぶんの幸せよりも、家族の幸せを探してきた母の、
その幸せは、なのに、たしかに母らしい。

ねようかはよかった　ないよりはよかった

牡丹《ぼたん》の花は、どうせ切らなければいけない。

花をつけたままにしておくと、株が弱ってしまう。

おばあちゃんの家の牡丹は、枝ぶりも六畳間いっぱい分くらいに広がり、道行く人が立ち止まってながめるほど立派で、そんな人には惜しげもなく、菜っ葉を分けるみたいにして何輪か渡した。だから、縁側にはいつも、花ばさみが置かれてあった。

でも、株分けをもちかけられると、
こうは、昔からの牡丹ですけんなあ。

と断った。これは、代々受け継いできた花ですから、私のものではありませんから。

おばあちゃんの家は、母の実家だった。ぼくは子供のころ、牡丹を分けてもらいに母と行ったとき、赤紫の花から、黄色い花粉がぽろぽろこぼれ落ちる、その地面に蛇を見つけた。

「お母ちゃん、蛇が死んじょうよ」

「ほんにや？　そばに寄ったらいけんよ。咬まれえよ」

「でも、死んじょうよ」

「うそだけん。蛇は死んだら、腹を空にすうだけん。腹を地面に着けちょうのは、まんだ生きちょうだけん」

母の言葉どおりに、蛇はつーっと地面を滑るみたいにして、ぼたんの木の根元から、その先の溝に消えた。

おばあちゃんが倒れてから、母は前よりひんぱんに、牡丹の脇をすりぬけて訪ねた。それは、もう回復をのぞまない、命の腹を空に向けているか、それとも地面に着けているかを確かめる道だった。おばあちゃんが、おばあちゃんでなくなっていく、つま先あがりの道だったけど、それでも、

「ねようかはよかった」（ないよりはよかった）

と母は言った。それは、さよならの準備をする道で、喪服や葬式の心づもりをするための時間で、もしかしたら、おばあちゃんからの最後の贈りものだった。

おばあちゃんが、とうとう腹を空に向けたとき、

母もぼくたちも、もう準備ができていた。

だけん、よかった。と母は、負け惜しみみたいに言って、

それは、

どんな道にも花芽を見つけようとする、負けずぎらいな、意地っぱりな女たちに、

代々受け継がれてきた牡丹だった。

とんどさん　どんど焼き

とんどさんは、灘《なだ》でやる。
一月七日の明けきらない朝、うっすら雪が積もった浜におりると、
雪をかきわけて、地区ごとの火がもう点在していて、
八区はあすこだ、と母が先に行く。
ぼくは中学くらいからは、もう来ていなくて、
いつも父と母だけで済ましていたから、
ぼくにとっては十何年ぶりかのとんどさんで、
火のほとりで、近所の人と、おはようございますを交わして、
「ひでちゃん、もどっちょうなったかや」とか、
「去年は、お父さんがいけんかったなあ」とか、言われながら、ぼくは、

火の手前寄りに、見失わないように門松を入れる。
その枝は、持ち帰って神棚に供えるのだった。

子供のころには、家族五人で来ていた。
焼いて食べると風邪をひかないという蜜柑《みかん》も、ちょうど五つ焼いた。
書初《かきぞ》めの半紙は、燃えかすが高く舞い上がるほど字が上達するのだと、
父が冬空に投げてくれた。
でも今年は、松の枝を焼き上げると、それ以上いる理由もなく、
ほんならお先に、とあいさつして、母と二人で火を離れた。

その日、
昼前の飛行機で、ぼくは東京にもどることにしていて、
母は、昼用の弁当をこしらえるつもりだったのを、

ぼくは、いらん、と言った。
荷物になるし、飛行機に乗っているのはたかだか一時間。
空港にも駅にも、店はいくらでもあった。
なら、おにぎりにしょか。家に着いてからでも食べられえだけん。
と、あきらめない母に、ぼくはしぶしぶ、
なら、小さめのを五個くらい、とゆずった。

そして、飛行機に乗ってから、早起きのせいか小腹が空いて、
そういえばと、おにぎりを食べることにした。
カバンから紙袋を出して、ひとつ取り出し、
アルミホイルをほどいて、口にもっていったとき、
ぼくの手から、煙の匂いがした。とんどさんの匂いだった。
いつもどおり、父の好みに作られたおせち料理も、残りぎみのまま、

父のいない正月が煙になって消えていく。

窓の外には、空をすかして海が見えた。少し煙った色がしみて、
それにしては紙袋が重いので、数えてみると、
おにぎりが、
十個、入っていた。

少年と

ほえる　泣く

鳥取県では、「鳴く」と「泣く」が、ちゃんと分かれていない。
犬が鳴くことも、人が泣くことも、
赤ん坊が泣き叫ぶのも、声をおしころして涙を流すのも、ぜんぶ「ほえる」だ。

夜中に、遠く、海の方から聞こえてくる、鬼がほえる声も、
鳴いているのか、泣いているのか、鳥取県では、わからない仕組みになっている。

小学校のとき、養護学級のキミちゃんの手には、いつも噛みあとがあった。キミちゃんの言葉は、うなるようで、はっきりしなくて、だから気持ちをちゃんと伝えられなくて、ときどき、いらいらすると自分の手を血が出るほど噛んだ。

パンツを脱げと言えば、にこにこしながら脱ぐキミちゃんだったから、学校の帰りにからかう子もいて、そんなときは、キミちゃんのおじいさんがやって来て、「こらー、公男に何すうだあ」と、カマをふりかざしながら、その子たちをどこまでも追っかけ回した。

おじいさんは、キミちゃんに悪さをしない子供たちからも、キミジイと怖れられていたけど、キミジイの手にも、やっぱり噛みあとがあったのは、キミちゃんの手の代わりに、自分の手を噛ませていたからだと思う。

ほえたって、こらえんぞ。

泣いたって、許さんぞ。

と、キミジイは、つかまえた子供に言うだろう。

泣いたってだめだ。泣いたってらちがあかない。涙なんて何の役にも立たない。

世の中には、泣いても、どうしようもないことがあると、そのことは、たぶん、キミジイの手がいちばんよく知っていた。

涙を、言葉のように、じょうずに使おうとする人を見るたびに、ぼくの気持ちはそこから離れて、キミジイの、ほえるような、鬼のような叫びに帰ろうとする。

カマをふりかざして、子供を追い回すキミジイの、あの叫びの中に、涙はあったのか。

ほえていた鬼は、鳴いていたのか、それとも泣いていたのか。

鳥取県では、鳴く声も、泣く声も、見分けがつかない仕組みになっていて、人はみな、空を見上げて、そこから生きていこうと決心していて、涙については、自分の涙にさえ、いちいち気づかない仕組みになっている。

情けをかけたらいけん　情けをかけてはいけない

通学路で、たくさんのものを殺した。

小学校への通学路は、小学生だけが使うために造られた、車の通れない、田んぼの中の細い一本道だった。道はそのまま遊び場になって、ランドセルを投げ出してザリガニを捕まえた。解放区だった。

下校のとき、あつしが、ヘビのしっぽを持って、ぐるんぐるん回していたら、ヘビの口から何かが飛び出した。みんなで駆け寄って見ると、青蛙だった。ぼくたちは大笑いした。ヘビを殺し、その口から出てきた蛙の死骸を見て、ぼくたちは笑った。でも、

浜に遊びに行って、犬や猫の死骸を見つけると叫び声をあげた。そして、砂の中に埋めてやった。鳥も殺したことはなかった。

魚類、両生類、爬虫類、鳥類、哺乳類、その区分けも知らないままに、感覚のどこかで区分けしていて、たとえば、哺乳類を殺すことは、いけないことというよりも、おそろしいことだった。ねずみ捕りは、ねずみを入れたまましばらく川につけて溺死させる。あのねずみの丸い目は、底なしにこわかった。

カッちゃんの家では猫を飼っていて、子供が生まれるたびにぼくも見に行った。でも、その仔猫たちが大きくなることはなかった。捨てるのは、カッちゃんと弟の仕事だった。ぼくも一度、いっしょに行ったことがある。カッちゃんは、ダンボールに入れたままの仔猫を、大橋の上から川に落とした。

「畜生に情けをかけたらいけん」と、カッちゃんは、親に教えられたフレーズを繰り返した。

カッちゃんの家では牛を飼っていて、それは、食用の牛だった。ダンボールは、しばらく船みたいに流れていったけど、その先は見てはいけないのだとカッちゃんが言って、ぼくらはその先を見ないで帰った。

「畜生に情けをかけたらいけん」

それは祈り。こみあげる情けをふりはらい、命をしっかり受けとめる、最後の祈りだった。

寄生虫のように、殺さなければならない命がある。
蚊のように、殺してもいい命がある。
ヘビのように、遊びで殺してしまう命がある。
牛のように、殺してもしかたのない命がある。
殺して震える。殺して祈る。殺して楽しむ。殺して笑う。殺して食べる。
ああ、おいしい。殺して幸せになる。

たぶん、生きることは殺すこと。生き物は、命を吸いながら生きていて、
だけど、それでも、
殺してはならない命に向かって、通学路は、まっすぐにつづいていた。

分《ぶ》限《げん》者《しゃ》　金持ち

好きな花は、萩です。実家の庭に咲いていました。
と、うそをついたことがある。ぼくの実家に萩はなかった。

あったのは、松原君の家だった。
あんなに近所にあって、習字もいっしょに通っていたのに、松原君の家には、小学生のときに一回しか入ったことがない。古めかしい、荘厳な家の中を奥に行けば行くほど暗くなって、飾り棚に銅鐸《どうたく》が置いてあったので、ぼくは百科事典で知ったばかりの知識を松原君に聞かせた。松原君はもの知りだったけど、人にものを教えられるのはきらいで、銅鐸のことも半分しか話せなかった。

その部屋のふすまを開けると、隣の部屋ごしにやっと中庭の明るさが見えて、そこで何かがやさしく揺れていた。それが、萩だった。

琴の音が、聞こえてきた。

中庭の離れに暮らすおばあさんが弾いているのだと、松原君はそっけなく言った。ぼくは、こんなに近所なのに、それまでおばあさんを一度も見かけたことがなかったし、結局、その後も見ることはなかった。そんなふうに、松原君の家は遠かった。

松原君のえは分限者《ぶげんしゃ》だけん。松原君の家は金持ちだから。

分限者は、分相応、分をわきまえた人。そんな謙虚な人が財を成せるのだという教訓をはらんでいる。

だからだろう、そのひびきに、おおらかな幸福感を見つけることはできない。家風が人の上にのしかかるようで、分限者の家は、子供が遊ぶには息苦しかった。

松原君の家は、地元に代々つづいた銀行で、地主でもあって、ぼくの家の土地も松原君の家のものだった。

おじいさんも、お父さんも、お母さんも、大学出で、ぼくの周りにいた大人で大学を出ていたのは、ほかには学校の先生くらいしかいなかった。それから、どこの家にも、琴を弾く人などいなかった。

松原君の家には、財産のほかに、学問とか、琴の音とか、そういうものがあって、それが、いっそう遠くに感じさせた。


ぼくがピアノを習いたいと両親にせがんだのは、松原君の真似だった。男の子で習っているのは彼ひとりだった。ぼくが、あんまりしつこく言うので、両親はあきらめて中古のオルガンを買ってくれた。二人の姉のどちらにも、ピアノなんて習わせなかったのに、末の男の子にだけ習わせることになってしまった。

ピアノを、松原君は小学校の途中でやめたけど、ぼくは高校を卒業するまでつづけた。

好きな花は、萩です。実家の庭に咲いていました。

と、ぼくはうそをついた。一瞬、松原君の家の子になりすました。遠かったあの庭を、一瞬、自分のものにした。

かばち　不平

ミキ1号、それがあだ名だった。

おてんばで、口が達者で、下校の道でケンカしたとき、彼女は、そのまま、ぼくより先にぼくの家に駆け込んで、母に言った。

「おばさん、どう思いますか？　おたくのお子さん、わたしにブスだって言いました。しかっちゃってごしない。わたし、ブスじゃありませんけん。ちゃんとしかってもらわんと、わたし、納得できません」

小学校も低学年だったのに、大人みたいな口のきき方だった。たぶん、大人のケンカをたくさん見てきたのだった。

ミキ1号は、おばあさんに育てられていた。彼女の家の事情を、うちの親に聞い

ても、知らないふりをしていたけど、
ある日、学校で、作文を書くことになって、題は「わたしのおかあさん」だった。
お母さんのいないミキ1号は、何を書いていいのか困っているはずで、
ぼくは、ざまあみろと思った。
四十分が過ぎて、そろそろみんなが書き終わっても、ミキ1号は書きつづけていた。原稿用紙二枚を書けばよかったのに、ミキ1号の原稿用紙は、もう六枚にもなっていた。マサやんが、
おまえ、おかあさんがおらんくせに、そげに書けえはずねだろ。と言った。
先生も、六枚にはちょっとあきれているみたいで、聞こえないふりをしていた。
それでも書きつづけるミキ1号に、マサやんは、
おまえのおかあさん、たいほされて、ろうやにおるくせに。
ミキ1号は、かばちたれだった。いつも、文句ばかり言っていた。いつも、だれ

かを責めていた。だから責められていた。マサやんが言ったことも、たぶん、うそだった。
かばちは、もともとアゴの骨のことらしいけど、そんなこと、もう鳥取県は忘れている。アゴをたれること、口を開けることは、文句を言うことにつながって、無口を善しとする日本の教えが、方言にも残っていた。でも、かばちたれでいるためには、まず、相手がいなければならない。その根っこには、甘える気持ちが、求める気持ちが、あったかもしれない。

六年生になると、彼女の大人びた口のきき方に、だんだんみんなが追いついて、もう、ミキ1号と呼ばれることもなくなった。吹田さん、とよそよそしく呼ばれていた。そして、もうすぐ卒業というときにおばあさんが亡くなって、転校することになった。広島で再婚している父親と暮らすという話だった。

そして、廊下ですれちがったとき、ご家族によろしくね、と言ったミキ1号の、相変わらず生意気なもの言いに、でも、ぼくは、もう腹が立たなかった。

広島の新しい家族は、彼女のかばちを受けとめてくれたのだろうか。その後のことは聞かないけど、どうだろう。そして、今ごろは、幼いかばちを聞いてやっているのだろうか。

母親になって。作文に書かれて。

めげる　こわれる

ゆきこが、小学校の修学旅行で、おばあちゃんに買ってきたおみやげは、手鏡だった。でも、おばあちゃんが包みを開けると、鏡はいくつかのカケラにめげていた。

「めげる」は、こわれること。

それを見て、ゆきこが泣きだしたのを、おばあちゃんは、「だんだんなあ」（ありがとうなあ）と、それがめげてないみたいに言った。すると、それは、めげてない鏡と同じことになって、ゆきこにとっても、おばあちゃんにとっても、大切なおみやげになった。おばあちゃんは、死ぬまでその鏡を引き出しにしまっていた。

子供のとき、

父から、めげた腕時計をもらった。それは、ぼくが生まれてはじめて持った、本物の腕時計だった。

超能力がブームになったとき、テレビで、超能力者が念力を送るので、こわれた腕時計をテレビの前で握って、いっしょに念力をかけるようにという番組があって、一生懸命念じたけど直らなかった。それでも、その腕時計は、ずっと宝箱の中にあった。

共通語の「めげる」は、気分が落ち込むことを言い、物がこわれるときには使わない。逆に鳥取県では、物がこわれるときだけで、心がこわれるときには使わない。

物はこわれても、心はこわれない。

物をこわしても、心をこわしてはいけない。

「めげる」は、そう考えているのか。

心をひきずりながら帰ってきて、
点滅している留守番電話のボタンを押すと、なつかしい声が、
「ひさしぶり。用はないけど電話してみました」と言うのを、
重要な用件を伝える電話よりも、本当は、大切な用を果たしているのだと知る。
完全でなくても、というか、
役に立たないくらいの方が、ちょっとめげているくらいの方が、
心の世界では、大切な役割を果たすことがある。宝物になることがある。
「用はないけど電話してみました」
ネクタイをはずしながら、消去ボタンのかわりに、
めずらしく、リピートボタンを探して、
そんなぼくの夜もある。

逃げちょって　あっちいってて

赤ん坊は、眠りながら、ときどきほほえむ。
そのほほえみを、新生児微笑《しんせいじびしょう》という。
それは、周りにいるひとたちに、かわいがってもらうための本能で、
ほほえみには、ほほえみが返される、その約束を信じていて、
赤ん坊は、かわいがられなければ、生き残れない。
そんなふうに、
ひとは、生まれつき、かわいがられたい。
そこにいてよと言われたくて、
いてくれてありがとうと、誰かに言われなければ、生きていけない。

鳥取砂丘には、小学校のバス遠足で行った。
先生がカメラで、四人の女子を撮ろうとしたとき、
そのうちの一人が、
「園田さん、ちょっこう、逃げちょって」と言った。
園田さん、ちょっと、あっちいってて。
仲良しの三人だけで撮られたいのに、園田だけがよけい者だった。
方言は、ずるい。
逃げなさいと、かばうふりして、
気づかう言い回しで、邪魔者を追いやる。
園田は、ごめんごめんと、なぜかあやまって、
足早に、言われたとおりに、砂の上を逃げていく。
うっすら笑って、
ほほえみには、ほほえみが返されると、そんな約束をもてあまして。

逃げながら、きらいだ。
写真も、先生も、きらいだ。
逃げながら、そう思っていい。
自分をきらいになるより、ずっといい。

そして、
砂丘をのぼりきれば、海が見えた。

本能で、ひとは、肯定されたい。じぶんを肯定したい。
そのために、たとえ、ひとを否定してでも。
それは本能だけん、かなしまんでもいい。

ぼくらのことを、何と言ってもいい。
それは本能だけん、生きるためのちからだけん、
かなしまんでもいい。

しょうから　お転《てん》婆《ば》

町内に大阪弁がはやった。といっても、女たちの間だけだった。クリーニング屋のマキちゃんが、大阪からもどって来たのだった。離婚して、子供を連れて、爪をマニキュアで赤くして。

大阪弁は、マキちゃんの言葉だった。

女たちは、本当なら「いけん」というのを、「あかん」と使った。しょうゆ瓶のフタを開けようとして、「あかん、開かんわ」と言いながら笑い転げた。


そのころは、電話機がついたばかりで、近所の五、六軒で、一回線を共有していた。だから、どこかの家で電話を使っていると、他の家も話中になった。マキちゃんがもどって来てからは、話中が多くなった。マキちゃんの電話は、道までつつぬけで、その大阪弁は、いつも喧嘩しているように聞こえた。

「また、マキちゃんだわ」

女たちは、マキちゃんのうわさをするとき幸せだった。

マキちゃんの爪の赤さを、あこがれながら、見下した。

マキちゃんは、子供の時分から、しょうからだったけん。
「しょうから」は、塩がからいと書くのか、性がからいと書くのか、
男なら腕白《わんぱく》、女ならお転婆《てんば》ということ。

ある日、裕子のおばあちゃんが、クリーニング屋にどなりこんだ。

マキちゃんが、裕子の爪にマニキュアを塗ったのだった。マキちゃんは、

「なんや、この子が塗ってほしそうにしとったからやないか。あんた、せやろ？」

とふられた裕子は、もう泣いていた。

マキちゃんも、裕子のおばあちゃんも、どちらもまちがってはいなかったけど、
ただ、言葉がかみ合っていなかった。
マキちゃんの大阪弁はしょっぱくて、土地の言葉はぼやけた味だった。
らちがあかなかった。

長い電話のかいがあってか、マキちゃんは離婚をやめて、大阪にもどることになった。
そんなふうに、大阪弁を選んだ女を見送って、残された女たちは、
また、から味の足りない、鳥取弁を選ぶしかなかった。

「しょうから」は、塩がからいと書くのか、性がからいと書くのか、
どちらにしても、
から味はそれだけでは困る。でも、それがなければ困る。そして、

ときどき無性に食べたくなる。

傘忘れんな　傘忘れるな

東京の梅雨《つゆ》は明るいって、タカが教えてくれた。

雨雲にネオンが反射して明るい。

小学校からずっといっしょだったタカと、三十歳を過ぎてはじめて、空の話をした。


三十歳は、小高い丘。その上に立つと見えなかった空が見えてくる。

東京で三十歳を迎えて、外国に行くことに決めた友達を二人知っている。正社員になることに決めた友達を二人知っている。夜逃げすることに決めた友達を一人知っている。田舎に帰ることに決めた友達を三人知っている。

ずっと遊べると思ってたわけじゃないけど、会えなくなるとも思ってなかった。

その丘に立つと、何かが見えてしまう。そして、
何かを決めずにはいられなくなる。

東京の梅雨って明るいんだよ。雨雲にネオンが反射するから。

東京をひきはらって、故郷に帰ることにしたタカを羽田まで見送るとき、モノレールの中で彼は言った。いつもは方言で話すぼくたちなのに、そのときのタカは東京の言葉だった。いつもは田舎者と思われようが平気だったのに、東京を離れるいま、また平気ではいられなくなったのか。


ほんとだ、ビルの上のへんだけが、ぼんやり明《あ》けなあ。

都会にしかね明るさだなあ。

雲の上に出てしまうと、もう見えなくなるのかな。雲の裏側の明るさは。その下にある街は。駆けぬけた道は。

とそんなことを思ったのを、どう言えばいいのか。東京の言葉か、方言か、ぼくはもう気をつかい始めていて、そんなふうに、ぼくたちの空が雨雲でへだてられていく。

いっそ降ればいいのに。

どんよりした日が、何日もつづく。

弁当忘れても、傘忘れんな。と言われるほど、鳥取県は、いつも空のどこかに雨の予感を秘めている。鳥取県で、雨は弁当よりも身近で、身内で、いつも頭の上にあった。雨や梅雨については、誰よりわかっているつもりだった。それは、山陰に生まれたぼくたちの得意科目で、東京の誰にも負けないと思ってた。だから、東京に、まだ見たこともない梅雨があったのがくやしかった。

あの日、ちゃんと言えんかったけど、東京にくやしかったよ、タカ。

あいまち　ケガ

兄妹らしい。ことばが九州だろうか。

羽田空港に向かうモノレールで、ぼくの前に座った二人は。


「あげん男、ダメとやけん」

兄は、なんども、なんども、なんども言った。

「わかっとう」

いっかいだけ妹はこたえて、あとはずっと黙っていた。きっと、ぼくに聞かれてしまうのもいやだった。

妹を、男から引き離すために、田舎に連れ帰るのが兄の役目だった。でも、妹の心は、もう男から離れている。

プールみたいだと思う。モノレールに乗るたびに、そう思う。倉庫街に川が入り込み、コンクリートと水の風景がつづく。

プールで、子供たちは、いつもとちがうケガをした。校庭や体育館よりも、はしゃいで、ふざけて、プールサイドですべって、目洗いの蛇口に歯をうちつけて、あいまちした。

あいまちは、鳥取県で、ケガのこと。

ふざけて、アキ子にぶつかって、アキ子が転んで、足をスタート台にぶつけて、1センチほどの深さでえぐれた。血といっしょに白っぽい液体がにじんだ。

子供にもどりたくない理由のいちばんは、

バカなことをしたと誰よりもわかっていて、誰よりも恥ずかしくて、誰よりも悲しくて、誰よりも震えているのに、大人たちに、なんども、なんども、なんども、言い聞かせられるところ。それを聞いていなければならないところ。

おかしてしまった、あやまちを、なんども、なんども、なんども。

アキ子の足に、まだ傷が残っていることを、あのときの大人は誰ひとり覚えてなくて、ぼくだけが思い出すのに。モノレールに乗るたびに。

そして、

理由のもうひとつは、子供は、

新しくあいまちをする権利まで奪われるところ。

あご　とびうお

飛び魚の羽が張ってあった。台所の木戸には。
どこかで、結婚や出産や、祝いごとがあると、米やおこわを贈ることになってい
て、容れ物の上に飛び魚の羽を添えるならわしだった。それを風呂敷にくるんで
届けた。
たぶん、天を翔《かけ》る魚の羽は、縁起がよかった。
だから、主婦は、飛び魚をさばいた後で、羽をきれいに広げ、台所の木戸に張り
つけておいた。おばあちゃんの家の木戸にも、出番を待つ羽が、いつも張られて
あった。
一九七〇年、万博のころには、そんな木戸も見かけなくなったけど。

どういう親戚なのかはよくわからない、でも法事にはいつも来ていた、ぼくより六、七歳上の富田のみっちゃん。子供のころぼくが乗っていた自転車は、彼のお下がりだった。そのみっちゃんが京都の大学に行くことになったとき、富田のおばさんは、ため息をついた。おばさんは駅からの帰りに、おばあちゃんの家に寄って、

「よう買わんかった」と言った。

みっちゃんが京都まで使う切符を買いに駅に行ったけど、窓口で、

「往復ですかいな」と聞かれて、

関西行きといえば、いつも往復で二枚を買っていたのを、ふと、このたびは一枚だけでいいのだと気づいて、結局、買えずに帰ってきたのだった。

飛び魚の羽も、一枚だった。

祝いの米に、飛び魚の羽は、一枚だけを添えることになっていた。理由はわから

ない。

羽は、二枚なければ飛べないものなのに、一枚と決められていた。


鳥取県では、飛び魚のことを、あご、という。

それが、町方《まちかた》では飛び魚と呼ばれていることも、鳥取県は、ちゃんと心得ている。

よその土地に行けば、そんなふうに、通じるものより通じないものの方がふえること、そして、自分もその土地の人にならなければ生きにくいことをちゃんとわかっていて、

羽は一枚。縁起はひとつ。
もうひとつは、自分で見つけるために、そこから始めるものかもしれない。
だから、きっぱりと一枚だけで、
切符も、きっぱりと一枚だけを買い与え、それが、親として、子としての、最後

の儀式なのかもしれない。だからこそ、せめて一枚目の羽は、飛び魚の羽じゃなくて、あごの羽であってほしい。みっちゃんも、きっと、そう思っている。

時季だけん　季節だから

空は、どこから空だろう。

打ち上げ花火を、飛行機の上から見ると、
まるで地面にへばりついているかのように低かった。
と、ヤスオさんが言っていたけど、花火は、まだ空にとどいていなかった。

そのヤスオさんが子供だったとき、
お母さんに手をひかれて、役場に向かいながら、
お母さんはこれから離婚届を出すのだと、そのことだけはわかっていた。
道に風が吹くのを、土ぼこりが舞い上がるのを、

ヤスオさんには止められなくて、
それは、空をわたる風じゃなくて、地をはう風だった。
空は、思うよりも遠い。

時季だけん。と、ヤスオさんはよく言う。

ヒナギクが時季だけん。ヒナギクの季節だから。


花を作っているヤスオさんは、いつもわかりやすく教えてくれる。

「花は虫を待っちょうだけん。そうで空を向いて咲くだけん」

(花は虫を待っているのだから。それで空を向いて咲くのだから)

花もまた、空にはとどいていなくて、

「もう水はやんな、花が咲かんぞ」(もう水はやるな、花が咲かなくなるぞ)

植物は、水をやらないとつぼみをつける。
じぶんが枯れそうになると、あわてて花をつけ、種を残そうとする。
「甘やかすといけんやになるけん」（甘やかすとだめになるから）
渇きの向こうにしか、花ざかりはなくて、

どうにかしなければならない、でも、どうしようもない、
そんな日は、誰だって、
水のない土地に根を張り、遠すぎる空に立ちすくみ、
季節との約束を、うたがいながら、あきらめながら、待ちながら、

ヒナギクが時季だけん。ヒナギクの季節だから。

ほら、

ヤスオさんが育てた、
ヤスオさんの長靴よりも、もっと低いヒナギクの苗から、
いま、羽虫が飛んでいったけん。
もし、花が咲かんでも、そこから、もう、
ヤスオさんの空だけん。

ぼいやこ　追いかけっこ

ピアノは、速く弾くのがうまいと思われていた。小学校のとき、音楽室のピアノをいたずらに弾くとき、それが速くて激しい曲だと、うまいと思われた。しずかな曲は、うけなかった。

国語の授業でも、指されて教科書を読むとき、つまったりせずに速く読むことが、うまい朗読だと思われていた。しみじみと読むのは、いけなかった。

幼い、かわいい、かんちがいだった。

マサニイは、生まれつき右足の方が短くて、右だけ底の厚いズックをはいていた。だから、ぼいやこでは、鬼になりやすかった。

ぼいやこは、追いかけっこのこと。ぼい出す、となると、追い出すことで、たとえば、牛を小屋からぼい出す、と使う。放蕩息子を叩き出すときも、家からぼい出す、と言う。「ぼい」には、どこか、むりやりなひびきがある。

ぼいやこも、ただ追いかけるというよりも、せきたてる感じ、追いたてる感じがあって、さわがしくて、ちからずくで、幼い暴力がただよう。

マサニイは、ぼいやこやカン蹴りでは、すぐに鬼になってしまったけど、釣りやコマ回しはいちばんだった。それから、なぜか、歩くのが速かった。むりしていたのだと思う。砂浜で遊ぶときもズックは脱がなかった。

大人になって、マサニイの結婚話がだめになったとき、自分の娘の相手に、マサニイはふさわしくないと反対したのは、むかし、マサニイをかわいがって、釣りの手ほどきをした、木田のおっつぁんだった。

そのころ、マサニイが砂浜を歩いているのを見かけた。

海の歩き方は、ふたつある。
松林に沿って道を歩くのと、靴を脱いで浜に降りて行くのと。
犬を連れた人たちは、ふつうに松林の道を選ぶ。
わざわざ靴を脱いで浜に降りるのは、わざわざ浜に降りずにはいられない人で、
その人たちだけが、
砂になる前の貝のカケラや、骨のように洗われた木切れや、もう道具ではなくなったガラスの破片や、くだけても、たしかに地球をつくっているものの、その美しさに近づく。そして、ゆるやかに打ち寄せる波のリズムに足を濡らして、
自分の中にあるリズムに気づく。

アンダンテは、ゆるやかに歩くくらいの速さで、ということ。
楽譜に書かれたアンダンテの指示は、弾く人の歩く速さを試している。

ぼくも、試される。いつもなら、気分のままに弾くのに、
アンダンテだけは気になって、歩く速さを指先に見つけようとする。
鍵盤の上を歩きながら、また速く弾きすぎてしまったと、指をとめて、目を閉じて、
裸足《はだし》になって、もう、人とも、自分とも、ぼいやこはやめにして、
砂浜を歩こう。あの日の、裸足のマサニイに追いついて、声をかけて、
幼くはない、でも、子供のような、そんなふうに笑おう。

おせおとな

授業を受けずに、帰る生徒がいる。

中学のとき、田植えや稲刈りや、田んぼが忙しくなる時期には、農繁期休暇というのがあって、農家の子は田んぼを手伝うために、午後から帰ってもよかった。

といっても、機械が使われるようになってからは人手もかからなくなり、農家の子でもほとんどが帰らずに授業を受けた。


掃除だっていつも怠ける松っつぁんが、昼から帰ろうとするのを、ぼくは農繁期休暇を口実に帰ってテレビでも見るのだろうと疑って、その背中に、

「授業さぼれて、いいなあ」と言った。

「別に」と松っつぁんはこたえて、白いヘルメットをかかえて、いつも下校する

ときみたいに、当たり前に自転車置き場に向かった。そのとき、彼の言葉の少なさに、ぼくは、はっとした。松っつぁんのお父さん、去年、亡くなったばかりだった。

ぼくは、幼いひとことが恥ずかしくなって、でも謝りようもなく、彼の背中を見つめたまま、子供のまま、渡り廊下に立つしかなかった。

中学のとき、農繁期休暇というのがあった。

学校も教育も大切なものだった。でも、子供が大人になっていくとき、成績や偏差値よりも、大切にされているものも確かにあった。

次の日も、やっぱり松っつぁんは昼から帰った。教室の窓から渡り廊下が見えて、彼は石崎先生に呼びとめられて立ち話をしていた。二人はもう、先生と生徒ではなくて、二人のひとだった。背も、松っつぁんの方が高いくらいだった。

おとなのことを、おせと言う。
大兄と書くのかもしれないけど、ぼくは大背だと思ってきた。もしかしたら、松っつぁんの背中を見て以来、そう思ってきたのかもしれない。

その次の日からはもう、松っつぁんは午後になってもずっといた。
季節は彼を中学生にもどし、松っつぁんは英語の授業で、Ｗｉｎｄを「窓」と訳して、Ｗｉｎｄｏｗと勘違いしているのがばれて笑われた。本人も、「ああ、風だ」と笑って、そのとき、
田んぼをわたってきた風が、松っつぁんの汗をかわかした風が、Ｗｉｎｄと重なって、世界を吹きぬけて、
ああ、風だ。
世界はここから始まるのだと、吹きぬけた。

ほどがい　スマートな

ぼくの、いちばん大切な方言は、「ほどがい」だ。程が良い。気が利いている、スマートだということで、調子に乗ってやりすぎることを「ほどがわり」、程が悪いと言う。

家を新築するとき、棟上式《むねあげしき》には、その家の人が、まだ瓦も載る前の屋根の上から「まいの餅」をまいた。字にすれば、たぶん、舞の餅と書ける小さく切られた餅で、焼いて食べると、その家が火事になるのでいけないとされていた。舞の餅といっしょに、大きい丸餅もまざっていて、その中にはお金が入っている。大きい餅は、東西南北に一個ずつしかまかないものなのに、山根の家のときは、二個ずつもまかれて、さらにもっと大きい餅もまかれて、ほどがわり、と陰口をたたかれた。

長尾の家の棟上式では、大きい餅のひとつを中学生が拾った。ところが、その中学生の餅を、どこぞのおっつぁんが、ちょうどバスケットボールを奪うときみたいにはたいて、落として、横取りした。

縁起もんだに、そげなことしたらいけんわい、と周囲からたしなめられながらも、おっつぁんはニヤニヤするばかりで、しかも、その餅を知り合いらしい女に渡していた。

そういうのは「ほどがわり」を通りこして、「品がわり」と言う。

田舎者という言葉は、不粋《ぶすい》者を意味するけど、田舎にも粋《いき》であろうとする心はあって、
でも、それは、都会的であろうとする心とは違う。

タケちゃんは、ほどがいじぇ。と、父が言ったのは、若い大工さんのことだった。高校のとき、父と、建具のための寸法を測りに行った現場では、四、五人の大工さんが働いていて、タケちゃんはいちばん若かった。でも、大工仕事は、若いも年寄りもない。若い大工の中には、年配者への気づかいから、力仕事を一手に引き受けようとする者もいたけど、それは「ほどがわり」だった。そこを手伝ってしまうのは、仕事を奪うことだった。

現場では、ちょっと手伝ってくれとか、そっちを持ってくれとか、そういう言葉は使われない。二人がけの仕事には、はじめから二人が配置されていた。だから、タケちゃんも、ずっと誰にも手を貸さなかった。いちばん年配の大工さんが、ふと、西の空に太陽の位置を確かめたとき、はじめて、

「あと、一本ですかいな」

とタケちゃんは言って、一人でやっと持てるくらいの材木をかかえあげ、カンナ

削りの台に載せた。誰もが疲れてきた頃合いに、その大工さんのために、最後のひと仕事の下準備をした。それが、年配の大工さんの体力と、自尊心のための、ぎりぎりのところだった。

「ほどがい」には、「粋」のような、都会的な遊び心も、洒落《しゃれ》っ気もない。せいぜい、夕空の茜《あかね》色くらいのはなやぎしかなくて、ぼくの、いちばん大切な方言だ。

いたしい　具合が悪い

桜の花が、合図だった。

村には決まった一本の桜があって、その花が咲くのを合図に籾播《もみま》きを始めた。

年ごとに天気は違う。籾や種を播く日を決めるのに、暦だけでは当てにならない。

そんなとき桜を見あげた。桜のつぼみは、本当の春を見逃すことなく、今です、と教えてくれた。

それ以来、日本の一年は、桜の花とともに四月に始まる。


桜は日曜日にも咲いた。

苗は日曜日にも育った。人は日曜日にも働いた。

大人たちはいつでも仕事着で、仕事着がそのままふだん着だった。カジュアルウエアはこの世になかった。

おじいちゃんは、杖をつくようになってからも、着ていたのは野良着だった。おばあちゃんも、かっぽう着にモンペ、あとは帽子をかぶればそのまま田んぼに出られた。父は建具屋だったけど、やっぱりずっと仕事着だった。仕事をしない日は何を着るかというと、

仕事をしない日はなかった。

「休むと、いたしんなる」

休むと、具合が悪くなる、と父は言っていた。働くことは薬だった。

いつから、働くことは毒になったのか。

ぼくも、みんなも、休みたがっている。日曜日の夕方には、また明日から仕事かと、ため息をついている。休むとトクした気になって、働くとソンした気になっている。少しだけ働いて、たくさんお金をもらいたいと思っている。それが出世

だと思っている。
みんな、ずっと疲れている。せっちゃんは右腕が動かなくなり、朝吹さんは涙が止まらなくなった。シンはこころの薬を飲みつづけている。

ぼくの空に、桜が咲く。天気予報が知らせている。間に合うだろうか。
ぼくは、働くことを薬にできるだろうか。
それは、お金のためとか、生活のためとか、そういうことでもあるけど、本当はそういうことじゃなくて、
働くことは、善いことだった。だましたり、殺したり、盗んだりすることの、そのいちばん反対側にあるのが働くことだった。人は、働くことで、
やっと清められた。

あとがきにかえて

この本でたどった方言は、ぼくが育った昭和四十年代から五十年代にかけて、周囲にいた人々が使っていた言葉だ。方言は、川や山を越えたら変わることもあるし、もともと言葉づかいは、世代によって、人によって違う。ぼくが生まれたのは、鳥取県でも西部で、この本に集めた方言が、そのまま鳥取県全体の、今の言葉であるとは言えない。逆に、近県で広く使われている言葉もあるし、わずかながら、全国的に使われている言葉もまぎれこんでいる。それと、登場する人々は、名前や状況や、時にはエピソードを、本当のものとは少しずつ変えてあることをつけ加えて。

そして、最後まで読んでくださったあなたに、心から感謝をこめて。

泉英昌【いずみ・えいしょう】

詩人。一九六一（昭和三十六）年、鳥取県生まれ。立教大学文学部卒。ナイメヘン大学社会科学学部留学（オランダ）。大学在学中より詩誌「鳩よ！」に詩を発表し、注目される。著書に、詩集「海底プール」、小説「船のキップ」（文遊社）、絵本「やさしい魔法の使い方」（角川書店）。

まっと、空の方に。

ぼくをみちびく　ふるさとのことば

二〇〇四年四月十三日　第一刷発行

著　者　泉　英昌
発行者　山田健一
発行所　株式会社文遊社
東京都文京区本郷三―二八―九　〒一一三―〇〇三三
電話　〇三（三八一五）七七四〇
振替　〇〇一七〇―六―一七三〇二〇
印刷・製本　株式会社シナノ

ISBN4-89257-044-3 Printed in Japan.

海底プール

泉英昌

彗星のように登場し、その研ぎすまされた言語感覚が注目された詩人の第一詩集。意味を脱いだ言葉が美しい

本体価格一四五六円

船のキップ

泉英昌

研ぎすまされた言語感覚で詩と小説の世界を自由に越境する詩人の、オランダを舞台にしたファンタジック・ロマン

本体価格一四五六円